KB120968

손지애. CNN. 서울

손지애. CNN. 서울

1판 1쇄 인쇄 2016. 1. 29.
1판 1쇄 발행 2016. 2. 5.

지은이 손지애

발행인 김강유
편집 박주란 | 디자인 이경희

발행처 김영사
등록 1979년 5월 17일 (제406-2003-036호.)
주소 경기도 파주시 문발로 197(문발동) 우편번호 10881
전화 마케팅부 031)955-3100, 편집부 031)955-3250
팩스 031)955-3111

값은 뒤표지에 있습니다. ISBN 978-89-349-7348-5 03840

독자 의견 전화 031)955-3200
홈페이지 www.gimmyoung.com 카페 cafe.naver.com/gimmyoung
페이스북 facebook.com/gybooks 이메일 bestbook@gimmyoung.com

좋은 독자가 좋은 책을 만듭니다.
김영사는 독자 여러분의 의견에 항상 귀 기울이고 있습니다.

이 도서의 국립중앙도서관 출판시도서목록(CIP)은 서지정보유통지원시스템 홈페이지
(http://seoji.nl.go.kr)와 국가자료공동목록시스템(http://www.nl.go.kr/kolisnet)에서
이용하실 수 있습니다.(CIP제어번호 : CIP2016001092)

CNN 서울 지국장, 청와대 홍보 비서관, 아리랑 국제방송 CEO까지
글로벌 저널리스트 손지애가 말하는 기회와 가능성

손지애, CNN, 서울

손지애 지음

김영사

"손지애. CNN. 서울"

CNN 서울 지국장 겸 특파원으로 15년을 지내면서 방송이 끝날 때마다 수백 번, 수천 번 했던 멘트이다. 덕분에 아직도 내 머리 속에서 지워지지 않는 단어이기도 하다. 그런데 2010년 초, 나는 15년간의 CNN 서울 특파원 및 지국장 생활을 마무리하고 G20 서울 정상회의 대변인으로 자리를 옮겼다. 그때 많은 사람이 자유로운 기자 생활에서 갑갑한 공무원 생활로의 변신을 의아하게 생각했다.

당시 내 마음을 움직인 결정적 요소는 바로 '한국에 대한 애정'이었다. 25년간 글로벌 저널리스트로 살면서 나는 주로 한국을 비판적으로 보도하는 일을 해왔다. CNN에서나 그 전 직장이던 〈뉴욕 타임스〉에서도 북한 핵 문제, 남북 간 군사 충돌, 정부와 기업의 부패, 과격 폭력 시위, 각종 참사와 사건 사고 등 많은 부정적 기사로 한국의 어두운 측면을 보도하는 것이 외신 기자로서의 삶이었다. 긍정적인 일보다 부정적 장면을 찾아다니는 뉴스의 속성상 어쩔 수 없는 일이었다. 그러나 2010년의 한국은 더 이상 어둡고 암울한 나라가 아니었다. K-pop을 앞세워 아시아 대중문화를 선도하고, 첨단 기술로 세계를 주름잡고 있었다. 세계 굴지의 기업들을 보유하고, 세계 무대를 제패하는 스포츠 스타와 예술인이 있으며, 유엔 사무총장을 배출한 나라였다. 나는 이제부터 이렇게 긍정적인 한국 모습을 세계에 전하고 싶었다. 변방에 머무르던 지난 역사를 청산하고 세계의 중심으로 나아가려는 의지의 나라, 더 이상 남이 정해놓은 룰을 따라가지 않고 새로운 룰을 만드는 데 앞장서는 나라가 바로 한국이었다. G20 서울 정상회의는 이러한 한국의 의지를 선포하는 자리였다. 이 같은 희망 메시지를 세계에 전하는 자리라면 기꺼이 동참하고 싶었다. 설사 그것이 갑갑하고 따분한 공무원 생활일지라도.

또 한 가지 요소는 새로운 것에 도전하고 싶은 마음이었다. 기자 생활을 한 지 25년이 지나자 차츰 모든 게 진부해 보이기 시작했다. 사실 내가 쓰던 기사도 매번 되풀이하는 것이었다. 특히 북한 핵 관련 기사는 초년병 시절부터 마지막까지 계속 반복되었다. CNN에서의 첫 기사가 '김일성의 사망과 한반도 긴장'이었는데, 15년 후 마지막 기사 역시 '북한의 미사일 발사로 인한 군사적 긴장'이었다. 이제는 뭔가 새로운 일을 하고 싶다는 생각이 꿈틀거렸다. 그러나 당시 내 나이 40대 후반이라 약간 겁이 나기도 했다. 하지만 두근거리는 마음을 억누르고, 도전 없이 인생에서 얻을 수 있는 것은 없다는 사실에 집중했다. 더군다나 국제 분야에서 일하는 직업인으로서 시시각각 변하는 세계정세와 기술 발달에 적응하기 위해서는 계속 새로운 것에 도전해야 한다는 내 신념을 믿었다. 그 도전은 20대이든 40대이든 계속해야 하는 것이었다.

도전은 커리어에서만 필요한 게 아니었다. 가정에서도 마찬가지였다. 마흔 가까운 나이에 셋째를 낳기로 한 나에게 주위 사람들은 많은 걱정과 우려의 시선을 보냈다. '현장에서 뛰는 기자가 과연 아이 셋을 키우며 직장 생활을 병행할 수 있겠어?' 하는 의구심이었으리라. 그러나 돌이켜보면 셋째를 낳기로 한 것은 아주 탁월한 결정이었다. 세 아이를 키우는 것은 도전이었지만, 이를 통해 나는 좀 더 강해지고 더 열심히 살고자 노력했다.

요즘 한국 청년들은 도전을 두려워한다고 한다. 실제로도 대기업, 공무원, 교사 등 안정적인 직업만 선호한다. 또 많은 젊은이가 의사, 판사, 변호사 등 미래가 보장된 자격을 갖추기 위해 청춘을 바친다. 물론 높은 보수와 안정적 미래는 모두가 바라는 달콤한 목표이다. 그러나 너도나도 같은 일을 하겠다고 덤비면 경쟁은 치열할 수밖에 없다. 그 직업에 도달하기도, 막상 그런 직업을 얻었다 해도 그 안에서 살아남기 또한 힘든 세상이다.

안정적 직업을 목표로 삼기 전에 생각해야 할 더 중요한 것이 있다. 그것이 과연 내가 하고 싶은 일인지 깊이 생각해보는 과정이다. 주변에 보면 부모나 분위기에 떠밀려 의사나 판사 공부를 하다가 뒤늦게 그만두고 요리사나 예술인 등 다른 직업을 찾는 사람이 많다. 이런 도전을 감행한 사람은 설령 보수가 낮고 미래가 불투명해도 높은 만족과 행복을 느낀다. 그들의 얼굴에서는 광채가 나고, 행동은 열정적이며 인생의 풍요로움이 느껴진다.

내가 CNN을 그만두고 G20 서울 정상회의 대변인이 되었을 때에도, 늦은 나이에 셋째를 출산했을 때에도 남들은 무모한 일이라고 했다. 하지만 남들이 가지 않는 길은 실패할 확률이 높은 만큼 성공에 따른 보상이 엄청나다. 선구자가 되기 때문이다. 사람들은 동양인 최초의 CNN 지국장, 최연소 아리랑 국제방송 CEO 등 내가 얻은 결과에만 집중하곤 했다. 하지만 그 뒤에는 남들이 눈여겨보지 않는 것에 관심을 갖고 뛰어든 시간들이 있었다.

내가 청년들에게 말하고 싶은 것은 "좋아하는 일에 도전하라"는 것이다. 남들이 하지 않는 것을 해보고, 남들이 가지 않는 길을 가보는 것. 당장의 여건이 열악해도 자신이 원하는 일에 일단 몸을 던져보기 바란다. 그 보상은 생각했던 것보다 훨씬 크고 달고 높을 것이다.

차례

Part. 1

정의되어 있지 않은 나

Part. 2

여자, 그리고 기자로 살아가는 법

Part. 3

뉴스는 나의 힘

Part. 4

인생은 소통이다

Part. 1

정의되어 있지 않은 나

나를
탐색하고
직업을
탐색하다

어릴 때 나는 책을 좋아했다. 특히 자서전을 좋아해서 나이팅게일의 삶을 읽을 때는 간호사를 꿈꾸고, 이사도라 덩컨의 인생을 읽을 때는 발레리나를 꿈꿨다. 책을 너무 좋아해서 도서관 사서가 세상에서 제일 행복한 직업이라고 생각한 적도 있었다. 그러다가 초등학생 때 미국에서 배운 영어가 빛을 발할 수 있는 직업은 뭘까 탐색했다. 고등학생이 되자 당시 영어를 잘하는 학생들이 했던 가장 흔한 아르바이트, 곧 영어 가정교사 일을 시작했다. 당시 우리 동네에는 영어에 관심 많은 의사 부부가 살았는데, 일주일에 두 번 영어 회화를 공부하고 싶다는 말을 전해 듣고는 내가 맡기로 했다. 비록 교육 방식은 어설펐지만 미국에서 배운 '오리지널' 영어 발음으로 간단한 회화를 주고받는 수업을 하며 겨울방학을 보냈다. 또 이웃집에 외국인 학교에 입학한 중학생이 있었는데, 영어가 아직 서툴러 친구를 못 사귀고 공부도 뒤처지는 아이였다. 그 애 부모에게서 고등학생 누나와 영어 공부를 같이 하면 좀 더 빨리 적응하지 않겠느냐는 말을 듣고 냉큼 가정교사로 나서기도 했다. 나 나름대로 열심히 가르쳤던 그 중학생은 나중에 외신 기자가 되어 지인들에게 나를 '선생님'이라고 소개하기도 했다. 그러나 가정교사 아르바이트를 하면서 깨달은 것은 내가 다른 사람을 가르치는 데 재능이 없을뿐더러 그에 따른 기쁨도 느끼지 못한다는 사실이었다.

나에 대한 탐색전은 대학에 입학하면서 본격적으로 시작되었다. 우선 책을 정말 좋아하니 번역가가 되면 좋겠다는 생각을 했다. 1980년대 당시에는 영어를 한국말로 번역한 책들만 있었지, 한국 작가의 책을 영어로 번역한 것은 거의 없었다. 나는 내가 좋아하는 주옥같은 작품들을 영어로 번역하면 노벨 문학상 정도는 탈 수 있으리라는 원대한 꿈을 갖고 당시 가장 좋아했던 김동인의 《젊은 그들》을 번역해보기도 했다. 그러나 얼마 지나지 않아 번역가의 꿈을 접었다. 번역하느라 많은 시간을 가만히 앉아 있는 게 그야말로 고역이었다. 새벽같이 도서관에 가서 좋은 자리를 맡은 다음 30분마다 밖에 나가 커피를 마시고, 친구들과 얘기하고, 수많은 동아리를 오가던 내가 한 자리에 앉아 번역만 하려니 힘이 들 수밖에 없었다. 번역가가 되기엔 너무나 활동적이고 참을성도 부족했다. 사람 만나는 것을 좋아하고 좌충우돌하며 이리저리 돌아다니는 일에 더 매력을 느꼈다. 그렇게 노벨 문학상을 타는 번역가의 꿈은 서서히 사그라졌다.

그렇게 번역가의 꿈을 접은 뒤에는 통역 일에 관심이 생겼다. 번역은 한자리에 앉아서 하는 일이라 내 성향과 안 맞을 수 있지만, 통역은 잘 맞을 것 같았다. 그 당시만 해도 영어 회화에 능숙한 대학생은 통역 아르바이트를 쉽게 구할 수 있었다. 작은 통역 일을 맡아 하면서 나 나름대로 꿈을 키우던 어느 날, 통역사의 꿈을 접게 한 일이 일어났다. 한국의 한 방위 산업체가 미국에서 온 바이어들에게 제품을 설명하고 협상하는 자리에서 통역을 하게 되었다. 미팅을 하기 전 제품에 대한 내용을 숙지한 터라 제품 설명은 문제없이 진행했다. 그런데 협상 단계에 이르러 곤란한 상황이 벌어졌다. 가격과 판매 조건을 내세우는 한국 관계자들의 도전적 자세를 미국 측 구매자들이 좋게 보지 않은 것이다. 한국 측에서 하는 발언들이 점점 더 미국 바이어들의 심기를 불편하게 만들었다. 이를 통역하는 나는 가시방석에 앉은 느낌이었다. 같은 말도 그렇게 하지 말고 이렇게 하면 더 효과적이라고 말해주고 싶었지만, 아르바이트 학생 처지인지라 입을 꾹 다물고 있는 그대로 통역을 해야만 했다. 결국 협상은 깨지고 미국 바이어들은 그대로 돌아가버렸다. 그 자리에서 통역사의 한계를 느낀 나는 결심했다. 통역하는 사람이 아니라 통역사를 대동하고 다니는 사람이 되어야겠다고. 그다음에는 외교관이 되겠다는 마음도 먹어봤다. 그러나 외교관이 되려면 외무고시를 통과해야 하는데, 그러려면 두꺼운 외교학 교재를 독파해야 했다. 나는 그 책을 사다 놓고 또다시 고민에 빠졌다. 내겐 1시간을 가만히 앉아 있는 것조차 고문인데 과연 이 공부를 해낼 수 있을까? 고민을 거듭한 끝에 내 황금 같은 청춘을 도서관에 앉아서 보낼 수 없다는 결론을 내리고 외교관의 꿈도 포기해버렸다.

이렇게 머릿속으로 생각해본 직업을 하나하나 구체화하면서 미래의 직업을 모색해나갔다. 그 과정에서 나는 아버지와 많은 대화를 나누었다. 아버지는 평생 공무원으로 사셨지만 직업에 대해 다양한 의견을 제시해주셨다. 그러면서 세상에는 많은 직업이 있지만 나에게는 사람을 대하는 직업이 제일 잘 어울릴 것 같다고 조언해주셨다. 나도 그 말씀에 고개를 끄덕였다.

여러 직업을 경험하고 꿈꾼 끝에 마침내 대학 영자 신문의 기자로 일하면서 내 성향과 영어 실력이 맞아떨어지는 일을 찾았다. 고등학교 때도 영자 신문 활동을 했지만 한글 기사를 영어로 번역하거나 학교에 관한 생각을 영어로 짧게 쓰는 정도였다. 그때의 경험을 바탕으로 대학에서도 영자 신문사에 지원했다. 그리고 2학년이 되자 제대로 된 기자 활동을 하고 싶었다. 그래서 유명 동문들의 인터뷰 기사 시리즈를 제안했다. 요즘이야 동문 인터뷰가 흔한 기사이지만 당시의 대학 영자 신문, 그것도 여자대학 영자 신문으로는 꽤 혁신적인 기획이었다. 이때 내가 선택한 첫 번째 인터뷰이는 1980년대 초 한국을 떠들썩하게 만든 연극 〈신의 아그네스〉의 윤석화 선배였다. 동료들은 유명 연극배우가 풋내기 대학 후배의 인터뷰에 응할 리 없다며 만류했지만, 나는 떨리는 마음으로 인터뷰를 요청했다. 그런데 놀랍게도 윤 선배에게서 인터뷰를 하자는 연락이 왔다. 방배동의 지하 카페에서 시간이 어떻게 지나갔는지도 모를 만큼 혼미한 정신으로 첫 인터뷰를 끝냈을 때 윤 선배가 말했다. "꼭 유명한 기자가 되세요." 지금도 그때의 그 따뜻한 격려가 마음속에 선명하게 남아 있다. 그 후 몇 날 며칠 동안 인터뷰 노트를 보고 또 보고 연구하며 기사를 썼다가 지우길 반복했다. 그리고 마감 시간에 임박해서 완성한 원고가 드디어 영자 신문에 실렸다. 그때 내 바이라인by-line을 보면서 느낀 희열을 평생 만끽하고 싶다는 생각이 들었다. 그렇게 나는 직업 탐색전을 마감했다.

최근 대학 특강을 나가면 직업 선택을 어떻게 하면 좋겠냐는 질문을 많이 받는다. 그러면 나는 우선 자신을 남보다 빛나게 할 수 있는 실력을 갖추고, 그다음에는 그 실력으로 평생 자신을 기쁘게 할 직업을 찾으라고 말한다. 공자가 말했듯이 좋아하는 일을 선택하면 평생 일을 안 하고도 살 수 있으니 말이다.

세계를
대상으로
직업을 선택하라

대학교를 졸업하던 해, 나는 작은 영어 잡지에서 수습 기자 일을 시작했다. 초등학교 때 5년을 미국에서 지냈지만 그 이후 중학교, 고등학교, 대학교를 모두 한국에서 다닌 나는 다시 완전한 한국인이었다. 그러니 다른 친구들처럼 한국 기업이나 언론사에 들어갈 수도 있었지만, 왠지 영어로 기사를 쓰는 일에 마음이 끌렸다. 나름 유지하고 있던 영어 실력을 활용할 수 있는 기회이기도 했고, 무엇보다 남들이 잘 가지 않는 길이기에 더욱 매력적이었다.

하지만 영어로 기사를 쓰는 일은 남들이 알아주는 직업이 아니었다. 당시만 해도 한국은 세계의 한쪽 구석에 고립된 나라였고, 외교 면에서도 세계의 중심과 동떨어져 있었다. 한국을 향한 외국의 관심도 극히 미미한 실정이었다.

그러나 곧 시대가 변하기 시작했다. 1988년 서울 올림픽을 치르면서 세계는 한국을 주목했고 무역이 폭발적으로 늘어났으며, 한국에 대한 세계의 관심이 커져갔다. 그 결과 내가 일하던 잡지의 작은 영문 뉴스에도 관심이 폭증했다. 한국에서 일어나는 정치, 경제, 사회, 문화 소식에 관심이 높아지자 국제 언론사들은 차츰 한국에서의 활동을 넓히며 한국 소식을 영어로 전할 수 있는 사람을 찾기 시작했다. 그런 분위기에서 나는 비교적 쉽게 〈뉴욕 타임스〉에서 일을 시작할 수 있었다. 처음 영어로 기사를 쓸 때는 상상하지도 못한 행운이 찾아온 것이다. 좋아하는 영어에 승부를 건 도박이 맞아떨어진 셈이다.

그 당시 나는 조금 무모한 방법으로 〈뉴욕 타임스〉와 인연을 맺었다. 외신에 진출하고 싶었던 나는 한국의 여러 산업에 대해 쓴 기사들을 복사해서 우편으로 〈뉴욕 타임스〉 〈워싱턴 포스트〉 〈L.A. 타임스〉 등의 사무실로 보냈다. 묵직한 내 기사 꾸러미와 이력서, 왜 나를 기자로 채용해야 하는지를 담은 소개서까지 정성스럽게 동봉해 각국으로 발송한 것이다. 지금 생각하면 참으로 웃기는 일이다. 그러나 놀랍게도 얼마 지나지 않아 그 중 희망 1순위였던 〈뉴욕 타임스〉에서 연락이 왔다. 내가 쓴 기사들을 잘 봤고, 마침 서울에서 글을 쓰던 기자가 떠나게 되었다는 내용이었다. 그리고 얼마 후 지국장이 서울로 들어와 면접을 보고 곧 일을 하기 시작했다.

2010년대 중반, 한국은 이제 세계의 중심으로 나아가고 있다. 그 만큼 해외에서 일할 기회도 많아졌다. 국내에서 극심한 취업난에 시 달리는 한국 젊은이들에게 해외 취업은 탈출구가 될 수 있다. 해외 언론, 다국적 기업, 외국 정부 기관, 국제기구 등 많은 곳에서 한국인 을 기다린다. 내가 대학을 졸업하고 직장을 구할 때만 해도 해외 취 업은 어려운 일이었다. 한국의 국력이 미약해 한국 출신이라는 사실 이 전혀 도움이 되지 못했고, 외국 기업이 볼 때 한국 시장은 아직 작기만 했다. 국제기구에서도 한국의 역할은 무시할 만큼 작아 한국 인을 채용할 이유가 없었다.

그러나 지금은 얘기가 달라졌다. 한국 시장은 전 세계 소비자의 요구를 예측할 수 있는 테스트 마켓이 되었고, 한국 정부의 분담금 이 커지면서 국제기구에서는 더 많은 한국 직원을 필요로 하고 있 다. 또 해외 봉사단원이나 유엔 평화유지군 등 한국인의 참여가 절 실한 분야도 많다. 나라의 성장은 한층 많은 해외 취업의 기회로 이 어진다. 이미 유엔 사무총장을 포함해 많은 한국인이 국제적으로 높 은 위치에 올라 있고, 다국적 기업의 고위 간부직에도 많은 한국인 이 이름을 올리고 있다. 내가 일하던 CNN을 비롯한 미국의 3대 네 트워크, 해외의 유수 방송사에도 한국 출신 언론인이 많다. CNBC, 채널뉴스아시아 등 국제적 방송사는 물론 싱가포르, 홍콩 등에서도 한국 출신 글로벌 언론인을 쉽게 만날 수 있다. 아울러 국내에 상주하는 국제 언론사들은 거의 100여 명에 달하는 한국인을 채용하고 있다.

예전에는 한국인이라는 사실이 장애물이었다면 지금은 점차 프리미엄으로 변하고 있다. 이것이 한국 청년들이 해외로 시선을 돌려야 하는 이유이다. 언어 실력과 타 문화에 대한 이해 그리고 열정을 갖고 있다면 이제 기회를 잡는 일만 남았다.

애틀랜타에서
걸려온
전화

엄청나게 더웠던 1994년 7월의 어느 토요일 점심 무렵이었다. 집에서 한가로운 주말 시간을 보내던 나는 정오가 되자 습관처럼 뉴스를 보기 위해 TV를 켰다. 기자 생활 10년 차, 정시에 뉴스를 보고 듣는 것은 식사보다 더 규칙적인 습관이었다. 뉴스를 보던 중 갑자기 속보 자막이 나오며 브레이킹 뉴스breaking news가 떴다. 김일성의 갑작스러운 사망 소식이었다. 김일성의 사망 자체도 충격이었지만, 타이밍은 더욱 절묘했다.

그해 봄 내내 한반도에는 긴장감이 흘렀다. 북한의 영변 핵발전소에서 핵무기를 개발한다는 의혹으로 국제사회는 제재를 논했고, 이에 북한은 서울을 불바다로 만들겠다며 으름장을 놓았다. 그러다 초

여름 미국의 카터 전 대통령이 특사 자격으로 평양을 방문해 김일성과 담판을 함으로써 위기를 가까스로 넘긴 터였다. 담판 조건은 김영삼 대통령과 김일성의 정상회담이었다. 그렇게 한국은 분단 후 처음 성사를 앞둔 남북 정상회담을 바쁘게 준비하고 있었다.

이런 와중에 갑작스럽게 전해진 김일성 사망 소식은 모두에게 충격이었다. 50년 동안 철권통치로 북한을 지배하던 김일성의 사망은 무엇을 의미하는가? 간신히 모면한 핵 위기가 다시 터지는 것은 아닌가? 김일성의 후계자 김정일은 베일 속에 가려져 술과 영화에 탐닉하는 변덕스럽고 예측하기 어려운 지도자로 알려져 있는데, 과연 그 새 지도자 밑에서 북한이 잘 버텨낼 수 있을까? 갑자기 붕괴하지 않을까? 그럴 경우 한반도와 동북아에 미치는 영향은 무엇일까? 그들의 핵무기 프로그램은 어떻게 될까? 그야말로 전 세계의 관심이 한반도에 집중되는 순간이었다.

당시 〈뉴욕 타임스〉 서울 주재 기자로 일하던 나는 이런 급박한 이슈들에 대한 자료를 찾기 위해 여기저기 전화를 돌리고, 전문가의 의견을 포함한 기사를 다급하게 내보냈다. 그 와중에 미국 애틀랜타 CNN 본사 데스크에게서 전화가 왔다. 상대는 다급한 목소리로 현재 서울 상황에 대해 생방송 전화 연결로 보도를 해줄 수 있는지 물었다. 당시 CNN은 서울에 지국도 없고 기자도 없는 상황이었다. 다행히 내 머릿속에는 서울 상황이 잘 정리되어 있었다. 나는 앵커의 질문에 답변하는 정도야 어렵지 않겠다는 생각이 들어 요청을 수락했다. 그렇게 생방송을 끝내고 수화기를 내려놓았다.

몇 시간 후, 또다시 애틀랜타에서 전화가 왔다. 그사이 서울 주재 다른 외국인 특파원과 전화 인터뷰를 시도했는데, 결과가 시원치 않았다는 것이다. 결국 그날부터 거의 일주일간 나는 〈뉴욕 타임스〉 일을 하면서 수차례에 걸쳐 CNN 생방송을 하느라 잠도 자지 못했다. 그뿐 아니라 최초의 충격이 어느 정도 가신 뒤에도 CNN을 통해 여러 차례 북한과 한반도 상황을 보도하느라 바쁜 일정을 보내야 했다. 평소 방송에 관심이 많았던 나는 당시 가능한 한 애틀랜타 본사의 스타일에 맞는 보도를 하기 위해 노력했다.

그리고 몇 달 후, CNN 본사의 이슨 조던Eason Jordan 부사장이 한국을 방문하기로 했는데, 그때 나를 한번 만나보고 싶어 한다는 연락을 받았다. 조던 부사장은 당시 나이는 어렸지만 한창 뜨고 있는 촉망받는 경영인이었다. 나를 만난 자리에서 그는 내 보도를 지켜보면서 CNN을 위해 서울에서 특파원을 할 생각이 없냐고 대뜸 물었다. 놀랍고도 가슴이 뛰는 순간이었다. 평소 내가 동경하던 CNN에서 전 세계를 상대로 보도를 할 수 있다니! 나는 두말 않고 승낙했으며, 애틀랜타로 날아가 에드 터너Ed Turner 수석 부사장의 면접을 통과한 후 30대 초반의 나이에 CNN 최초로 동양인 지국장 자리를 얻었다.

행운 뒤에
숨겨진
노력

내가 CNN에서 일하기까지는 많은 행운이 있었다. 첫째, 김일성 사망이라는 엄청난 사건이 터졌을 때 CNN은 서울에 아무도 없었다. 미국인 여기자가 서울에서 파트타임으로 일하고 있었지만, 그가 떠난 뒤 공석인 상황에서 큰 사건이 터진 것이다. 둘째, CNN에서 원하는 북한 관련 내용을 나는 이미 숙지하고 있었다. 〈뉴욕 타임스〉에서 일하며 북한에 대해 오랫동안 취재와 분석을 해온 덕분에 내용을 어느 정도 파악하고 있었던 것이다. 단지 글로 정리한 것을 말로 바꾸는 작업이 필요했을 뿐이었다.

그러나 돌이켜보면 모든 걸 행운으로만 얻은 것은 결코 아니다. 의식적으로든 무의식적으로든 나는 그때까지 나 나름대로 CNN을 위해 충분히 준비하고 있었던 것 같다. 몇 년간 미 국무부에서 운영하는 단파방송 '미국의 소리Voice of America'에서 프리랜서로 일했다. 지금은 인터넷과 위성방송 시대로 변하면서 단파방송이 무대 뒤로 사라졌지만, 당시만 해도 단파방송은 국제적으로 상당한 위세를 떨쳤다. 한국도 1970년대에 자체 언론이 발달하기 전까지 미국의 소리를 통해 세계의 소식을 접했다. 나는 한동안 이 방송의 영어 뉴스를 위해 기사를 쓰고 가끔은 전화로 직접 방송을 하곤 했다. 잡지 기자로 일하면서 글로 쓰는 기사에만 익숙하던 나는 이를 통해 발음은 물론, 톤과 속도 등 말로 하는 효과적인 메시지 전달 방법을 익힐 수 있었다.

또 KBS 라디오에서 하는 영어 단파방송 일을 하기도 했다. 매주 한두 번씩 한국 문화에 대해 영어로 기사를 쓰고 전 세계 청취자에게 방송하는 일이었는데, 당시에도 방송에 관심이 있던 나는 기사 작성에 무척 공을 들이곤 했다. 그 일을 통해 방송의 본질은 물론, 한국에 대한 이해도 넓힐 수 있었다. 내가 태어나고 자란 한국이지만 한국을 해외에 알린다는 건 쉬운 일이 아니었다. 한국의 정치, 경제뿐 아니라 역사, 문화, 사회, 생활상까지 속속들이 알아야 한국을 모르는 사람들에게 제대로 설명할 수 있다는 것을 깨달은 시기이기도 했다.

결국 이런 경험들이 CNN에서 일할 기회를 잡는 밑거름이 되었다. 다시 말해, 약간의 행운이 있었지만 나도 모르게 평소 준비해온

역량이 그 기회를 맞아 발현한 것이라고 할 수 있다. 국제 방송에 대한 막연한 관심을 가지고 그 방향을 향해 착실히 준비하며, 언제 올지 모를 기회에 대비하고 있었던 것이다. 인생에서 기회라는 것은 갑자기 찾아오기 마련이다. 계획대로 되지만은 않는 것이 인생이니까. 요즘 청년들을 만나보면 기회라는 것이 너무 막연하고 예측 불가능하다는 이유로 좌절하는 경우가 많다. 조금 기다려보고 자신이 원하던 그때에 기회가 오지 않으면 이내 포기하고 만다. 자신에게는 운이 없으니 준비해봐야 소용없다면서.

그러나 과연 정말 그럴까? 점점 빠르게 변화하는 세상이라지만 나는 요즘 세대가 모든 것을 단기적으로만 생각하는 게 심히 걱정스럽다. 몇 달, 아니면 한두 해 기다리다 기회가 오지 않으면 모든 게 끝났다는 듯 꿈을 접어버린다. 그러나 다시 생각해보자. 지금의 젊은 세대는 평균 100세를 사는 세상에 살고 있다. 1999년에 태어난 우리 둘째는 2100년대 초까지 아마도 3세기에 걸쳐 인생을 보낼 수 있을 것이다. 이렇게 긴 세월을 살아야 하는 인생인데, 젊을 때 고작 1~2년으로 꿈을 포기한다면 너무 성급하지 않을까? 일단 목표를 세웠다면 충분히 기다려봐야 하지 않을까. 내일을 위해, 그리고 자신이 원하는 일을 위해 묵묵히 준비하다 보면 당장은 아니지만 언젠가는 기회와 행운이 찾아온다. 인생에는 행운도 필요하지만, 그만큼 중요한 것은 이 행운을 잡기 위한 준비이다.

내가 CNN의
서울 특파원이
되다니

CNN 서울 특파원을 맡은 1995년 당시만 해도 방송기자는 신문 기자에 비해 권위가 떨어지는 직업이었다. 〈뉴욕 타임스〉 서울 주재 기자를 하면서 CNN으로 옮길 준비를 하던 나는 우연히 당시 두 언 론사의 핵심 인물, 곧 〈뉴욕 타임스〉의 오너이자 편집국장인 마이클 슐츠버거Michael Schulzberger 2세와 CNN의 뜨는 별 이슨 조던 부사장 을 동시에 맞이해야 하는 일정에 맞닥뜨렸다.

〈뉴욕 타임스〉에는 이미 그만두겠다는 통보를 한 상황이라 나는 공항에서 슐츠버거 국장을 만나는 순간부터 가시방석에 앉은 것처 럼 불편했다. 게다가 두 사람은 동시에 미군 헬기를 타고 DMZ를 다 녀오는 스케줄까지 잡혀 있었다. 조던 부사장과 같은 일정을 잡은 것을 탐탁지 않게 여긴 슐츠버거 국장은 사무실로 돌아오는 차 안에서 나에게 〈뉴욕 타임스〉를 떠나는 이유를 물었다. 그리고 "진정한 저널리스트가 되고 싶었던 게 아니었냐?"며 좋은 결정이 아니라는 뜻을 내비쳤다. 아마도 역사와 전통을 자랑하는 〈뉴욕 타임스〉 입장에서 CNN은 진정한 언론이 아니었을 것이다.

방송기자는 연예인이나 다름없다고 여기던 슐츠버거 국장의 만류에도 불구하고 나는 얼마 후 CNN의 첫 서울 특파원 겸 지국장으로 자리를 옮겼다. 물론 근무 조건에서도 우월한 면이 있었지만, 10년 넘게 일해온 인쇄 매체에서 벗어나 아직 지식은 없어도 미래가 보이는 방송에서 일하고 싶은 생각이 간절했다. 새로운 것을 해보고 싶다는 끼가 발동한 것이다.

지금 생각해보면 당시의 도전은 참으로 무모한 모험이었다. 그때 CNN 서울 지국에는 경험 있는 카메라 기자도 없고, 카메라에 담아온 그림을 편집할 편집 기자도 없었다. 더욱이 지국장인 나조차 방송 기사 작성이 초급 수준이었으니 실패할 조건을 모두 갖춘 셈이었다. 또 한 가지 큰 부담은 내 국적이었다. 당시 CNN은 북한 취재에 열을 올리고 있었는데, 이러한 노력의 최전선에는 조던 부사장이 있었다. 그는 나를 채용하면서도 대한민국 국적인 사람은 북한 취재에 어려움이 있을 수 있다는 점을 우려했다. 그래서 같은 조건이라면 미국 국적의 기자를 채용하고 싶다고 솔직히 말하기도 했다. 결국 그가 나를 선택한 이유는 한반도 상황을 잘 이해하는 경력 있는 기자라는 점이었는데, 방송 경험이 부족한 나는 기사 작성부터 어려움을 겪었다. 그러나 이런 상황에 주저앉을 수는 없었다. 먼저 방송 경험이 부족한 것을 메우기 위해 다른 지국에 연수를 보내달라고 요청했다. 그래서 간 곳이 아시아의 가장 경험 있는 특파원이 운영하는 방콕 지국. 그때 내게 주어진 시간은 일주일이었다.

친구이자 방송기자로서 내 멘토이기도 한 방콕 지국장 톰 민티에르Tom Mintier는 베트남전쟁 당시 미군의 카메라 기자로 전쟁터를 누볐고, CNN에서는 기자이자 앵커로 활약했다. 태국인 부인 덕분에 방콕 지국장으로 와 있던 그와 함께 보낸 일주일은 훗날 내 방송 생활에 지대한 영향을 미쳤다. 그는 방송을 정말 사랑했다. 중독된 사람처럼 생방송을 즐겼고, 나에게 방송의 묘미를 가르쳐주었다. 일차원적인 글로 뉴스를 전할 수밖에 없는 신문은 깊이 있는 설명과 묘사를 중시한다. 그러나 방송은 글과 더불어 시각과 청각을 자료로 활용할 수 있다. 따라서 방송으로 전하는 뉴스는 신문과 달라야만 한다. 그는 나에게 장면을 묘사하는 법, 현장 소리를 활용하는 법, 심지어 화면에 잘 받는 옷을 고르는 법까지 가르쳐주었다. 오토바이가 출발하는 소리를 삽입함으로써 방콕의 교통 체증을 강조하고, 군인들의 발소리를 넣어 시위 현장을 묘사했다. 이렇게 시청각적 자극이 방송 기사를 더욱 빛나게 한다는 사실은 나에게 신세계나 다름없었다.

일주일간 살아 있는 현장 교육을 받고 돌아온 뒤에도 시련은 계속되었다. 카메라 기자가 갑자기 그만두는 바람에 카메라를 한 번도 잡아본 적 없는 녹음기사가 촬영 일을 하게 된 것이다. 본사의 교육을 받아야 하는데, 영어를 못 하니 결국 내가 통역사로 나서서 카메라 기자와 함께 촬영을 고민해야 했다. 가장 큰 문제는 편집. 현장을 취재한 후 기사를 쓰고, 그 기사에 맞춰 촬영해온 영상을 편집해 본사에 보내야 했다. 지금이야 초보자도 컴퓨터로 간단한 편집을 할 수 있지만, 당시에는 사과 박스만 한 크기의 편집 기계를 다루는 일이 매우 복잡해 초보자는 엄두도 내지 못했다.

서울 주재 기자로서 야심 차게 '탈북자의 서울 적응기'라는 첫 기사를 기획하고 인터뷰, 현장 취재 그리고 기사까지 멋있게 작성했건만 이를 편집하는 난관에 부딪힌 것이다. 그 기사를 편집하기 위해 오후 2시에 편집실에 자리를 잡은 카메라 기자와 나는 밤을 꼬박 새우고도 마음에 드는 기사를 완성하지 못했다. 결국 그 기사는 본사 데스크한테 퇴짜를 맞았고, 서울 특파원이 되고 1년이 지나서야 그 쓰디쓴 기억을 지우고 다시 탈북자의 서울 적응 과정에 대해 기사를 쓰고 성공적으로 방송할 수 있었다.

물론 난관은 이것만이 아니었다. 목소리가 자주 갈라진다는 지적을 받고 발성에 관한 원서를 탐독했다. 또 2000단어씩 쓰는 신문 기사에 익숙하던 터라 200~300단어를 넘을 수 없는 방송 기사에 적응하는 데도 애를 먹었다. 이를 위해 수많은 교본을 따라 해보고 수많은 방송 기사를 분석했다. 지금도 그런 책들은 나에게 소중한 자산이다. 그리고 이런 배움의 기간은 내 인생에도 큰 도움을 주었다. 살다 보면 직장에서나 가정에서나 문제에 부딪히고 난관에 봉착하는 경우가 부지기수이다. 이때 필요한 것이 바로 배우려는 마음 자세라고 생각한다. 우리는 살면서 역할에 따라, 장소에 따라 여러 번 변신하고 그때마다 새로운 환경에서 새로운 것을 배워야 한다. 끊임없이 배우지 않으면 변신할 수 없고, 변신하지 않으면 발전할 수 없다는 사실을 나는 평생에 걸쳐 배우고 있는지도 모른다.

언론인에서
공무원으로의
변신

나는 21세기로 진입하면서 점차 한국이 모든 면에서 빠르게 발전하고 세련되게 변하고 있음을 피부로 느끼고 있었다. 그럴 때마다 마음이 뿌듯한 한편 답답함이 밀려오기도 했다. CNN을 비롯한 국제 언론은 여전히 한국의 변화를 크게 주목하지 않았기 때문이다. 한국은 더 이상 북한 핵과 미사일 등 어두운 기사만의 나라가 아니라 K-pop과 한류 드라마, 스마트폰 등 신나고 재미있는 기사를 생산하고 있었지만 국제 언론은 큰 관심을 보이지 않았다. 어찌 보면 당연한 무관심이기도 했다. "개가 사람을 물면 기사가 안 되지만 사람이 개를 물면 기사가 된다"는 말이 있을 정도로 부정적이고, 비정상적이며, 비극적인 사건을 따라다니는 것이 뉴스의 속성이니까.

그런 이유로 국제 언론은 한국에서 일어나는 발전적이고, 긍정적인 사건에 별로 관심을 기울이지 않았다. 그 결과 밖에서 보는 한국 이미지는 여전히 어둡고 실제보다 훨씬 좋지 않았다. 한국의 경제는 이미 세계 12위권에 들어 있고, 달리는 지하철에서 인터넷을 할 수 있는 최고 수준의 디지털 강국이지만, 국가 브랜드는 이런 점을 충분히 반영하지 못하고 있다.

세계적 국가 브랜드 연구자인 영국의 사이먼 앤홀트Simon Anholt는 한국을 아직도 27위라는 하위권에 위치시킨다. 참고로 2014년 국가 브랜드 순위를 보면 독일이 1위, 이어서 미국, 영국, 프랑스, 캐나다가 선두권에 있다. 이렇듯 외부에서 보는 한국 이미지가 실제보다 낮게 평가받는 이유는 국제 언론의 책임이 크다. 나 같은 많은 외신 기자가 사실 몸은 서울에 있지만 관심은 평양에 가 있다. 해외에서 한국에 관심을 갖는 이슈가 북한의 지도자와 핵 개발 정책 등이다 보니 한국의 발전 상황보다 북한 사정이 기사 선정에 우선권을 갖기 때문이다. 서울 지국이나 서울 특파원을 두는 경우도 대부분 북한 때문인 경우가 많았다. 어떤 서울 특파원은 술자리에서 가끔 농담으로 "나를 먹여 살리는 위대한 수령님을 위해" 하며 건배를 들곤 한다.

국제 언론에서 일하며 이런 회의감에 젖어 있던 나에게 2010년 초 당시 청와대 홍보수석으로부터 만나자는 연락이 왔다. 2010년 11월 11일 국제회의 중에서 아마도 가장 중요한 회의라 할 수 있는

G20 정상회의를 서울에서 치르게 되었다. 그때 전 세계 언론을 상대할 대변인이 필요하다. 한국 사람 중 그 일을 할 수 있는 사람은 손지애밖에 없다. 그러니 그 역할을 맡아달라는 제안이었다.

너무나 놀라운 제안에 나는 큰 고민에 빠졌다. 기자 생활 25년 동안 한 번도 다른 분야에 관심을 가져본 적 없는 내가 과연 정부 쪽 사람이 되어 일할 수 있을까? 그런 나를 상상할 수 없었다. 무엇보다 공무원이 되면 그동안 기자로서 누려온 자유를 포기해야 한다는 사실이 마음에 걸렸다. CNN 서울 지국장으로 지내는 동안 나는 본사의 지시를 받긴 했지만, 모든 업무를 내가 직접 결정하고 책임지며 일해온 내가 정부 조직에서 잘할 수 있을까 걱정되었다.

하지만 그런 걱정도 잠시, 이렇게 매력 넘치는 한국을 세계에 알리고 싶다는 욕구가 너무나 컸다. 국제 언론에서 20여 년간 한국에 대해 부정적 기사를 수없이 써온 나는 사실 어느 정도 죄의식을 갖고 있었다. 1995년의 삼풍백화점 참사를 비롯해 사건 사고가 있을 때마다 전 세계에 이를 생중계했고, 북한의 핵 위협을 낱낱이 소개해 한반도를 위험 지역으로 만들었다. 또 노사 갈등으로 생기는 대형 시위 현장을 전 세계에 송출해 관광객은 물론 외국 투자자의 발길을 다른 나라로 돌리게 했다. 이런 얘기를 농담처럼 하긴 했지만, 나로 인해 실제로 한국 이미지가 손상된 부분도 있다고 생각했기에 G20 서울 정상회의를 통해 어느 정도 속죄할 수 있지 않을까 하는 생각도 들었다. 물론 기자라는 비판자 입장에서 대변인이라는 옹호자 입장으로 변신하는 게 쉽지는 않으리라. 그러나 이를 통해 모든 상황을 밝고 긍정적으로 보는 훈련을 하는 것도 결국은 내 인생에 보탬이 될 거라고 생각했다.

게다가 G20 서울 정상회의는 한국으로선 엄청나게 중요한 이벤트였다. 2010년 초, 전 세계는 미국 월스트리트발 경제 위기에서 벗어나지 못하고 있었다. 자국의 산업을 지키려는 각국의 보호주의 때문에 제2의 세계 대공황까지 우려되는 상황이었다. 이에 전 세계 주요국 정상들이 해결책을 마련하기 위해 모이는 자리가 바로 G20 정상회의였다. 미국, 캐나다에 이어 한국에서 이 회의를 유치한 것은 우리가 1990년대 말 외환 위기를 성공적으로 극복한 덕분이었다.

G20 정상회의의 개최국 및 의장국이 된다는 것은 국격을 높이는 매우 중요한, 그야말로 사건이었다. 장소를 제공하고 각국 정상들을 대접하는 것을 넘어 회의를 주관하고 토론을 거쳐 결론을 도출해내고 대안을 제시하는 일련의 과정에서 호스트가 되는 것이다. 이를 위해 한국은 G20 정상회의뿐 아니라 G20 경제장관회의, 다수의 G20 셰르파Sherpa 회의 그리고 수많은 국제 경제 세미나를 개최했다. 그간 한국은 국제회의에서 항상 주변국으로 맴돌았고, 남들이 정한 규칙을 따라가는 나라에 불과했다. 그러나 발전한 경제를 바탕으로 이제 중심국이 되어 세계 경제를 논하고, 규칙을 만드는 주도적

역할을 할 차례가 된 것이다. 이를 위해서는 G20 참가국의 여론을 움직이고, 정책 결정자를 설득하며, 해당 국가 언론과의 소통이 필요했다. G20 정상회의 대변인에게는 세계 경제의 85%를 차지하는 20개국과 소통하며 회의를 이끌어야 하는 막중한 임무가 주어졌다.

여기까지 생각이 미치자 엄청난 부담과 스트레스가 밀려왔다. 대회가 열릴 때까지 쉴 새 없이 일해야 하고, 경제 전문 지식을 터득해야 하며, 한국을 제외한 19개국에 대해서도 숙지해야 할 것이다. 그러나 아이러니하게도 이렇게 어려운 도전이라는 사실 때문에 그 자리가 더욱 매력적으로 느껴졌다. 내 나이 40대 후반, 다시 한 번 새로운 일에 열정적으로 빠져들고 싶었다. 대단한 애국자는 아니지만 나라를 위해 일한다는 보람도 찾을 수 있을 터였다. 그동안 왜곡되어온 한국 이미지를 개선하고, 국격을 높이는 데 일익을 담당하고 싶었다. 그렇게 오랜 고민 끝에 나는 결국 대변인직을 수락했다. 그리고 그 시간을 숨 가쁘고 치열하게 보냈다.

지금도 나는 그때의 선택이 옳았다고 생각한다. 내 시야를 아주 넓혀주었고 나를 더욱 성장하게 만들었다. 모든 사안을 여러 각도에서 바라보고 비판할 줄만 알았던 내가 옹호하고 칭찬하는 법을 배웠다. 그리고 무엇보다 나는 진정 전 세계와 소통하는 사람이 되었다.

하고 싶은 일과
해야 하는 일

⌐

어느 날, 대학 특강을 마치고 나오는데 한 남학생이 질문이 있다며 쫓아왔다. 미생물학을 전공하는 그 학생은 친구들과 재미있는 연구 개발 프로젝트를 진행하고 있다며, 성공하면 시장성 높은 상품이 나올 것 같다고 흥분한 얼굴로 말했다. 그래서 친구와 벤처 회사를 만들어 관련 상품을 개발하는 게 꿈이라고 했다. 그런데 그런 모험적인 사업에 반대하고 의과대학에 진학하길 원하는 부모 때문에 고민스럽다고 털어놓았다.

나는 우연히 바로 전날에도 그와 비슷한 고민을 들었다. 물리학 연구에 평생을 바치고 싶은데 부모가 연구직 대신 의과로 옮기길 강요한다는 고민이었다. 두 학생의 질문은 같았다. 내가 하고 싶은 일을 해야 할까, 아니면 부모가 하라는 일을 해야 할까?

　피아니스트인 내 어머니는 혹시나 하는 마음에 나한테 첼로를 가르치려고 비싼 개인 레슨까지 시켜주셨지만 헛수고였다. 레슨 시간이 되면 나는 얼른 연습할 곡을 외우고 보면대에 악보 대신 다른 책을 펼쳐놓았다. 책을 읽으며 첼로를 연습한 것이다. 손가락을 움직이며 눈과 머리로는 책을 읽었다. 그러다 들킨 게 한두 번이 아니었다. 결국 부모님도 내가 음악을 전공할 인물이 아니라는 걸 받아들이셨다. 대학 시절에도 전공 공부보다는 서클 활동에 빠져 매일 밤 늦게까지 돌아다니는 나를 묵묵히 지켜보셨다. 그리고 첫 직장으로 소규모 영문 잡지사에 수습기자로 취직하겠다고 했을 때도 마찬가지였다. 오히려 아버지는 미국인 에디터에게 많이 배우라며 격려해주기까지 하셨다. 어쩌면 그저 몇 년 하다가 다른 일을 찾을 거라고 생각하셨을지도 모른다. 하지만 어떤 이유로든 부모님은 내 의사를 모두 존중해주셨고, 그 덕분에 나는 CNN을 향한 커리어를 시작할 수 있었다.

　당시 외국 회사의 상표로 수출에 열을 올리던 한국 기업들은 자체 브랜드로 제품을 개발하고 마케팅을 펼치기 시작했다. 아울러 급격한 성장을 이끌어갈 인재를 대규모로 채용했다. 한국 기업들의 명성이 해외로 빠르게 뻗어나가면서 그만큼 많은 직원이 필요했고, 그 덕분에 대기업 취직도 그다지 어렵지 않았다.

그때에 비해 지금의 환경은 너무나 달라졌다. IMF 외환 위기, 국제 금융 위기 등 불안한 경제 환경이 기업의 인력 채용 구조를 근본적으로 바꿔놓은 것이다. 경제성장률이 한 자릿수로 떨어진 것은 이미 오래이고, 많은 기업이 값싼 노동력을 찾아 해외로 공장을 옮기고 있는 힘든 상황이다. 나에게 고민을 털어놓은 학생도, 자식의 미래를 걱정하는 부모도 모두 힘든 결정을 해야 하는 시대를 살고 있다.

미국에서는 자녀가 대학에 들어가는 순간, 어른으로 인정한다. 대학 기숙사에 들어가면서부터는 학업이나 대학 등록금도 자신이 책임진다. 물론 등록금이 매우 비싸기 때문에 여유 있는 부모는 등록금을 내주거나 빌려주기도 한다. 하지만 그런 경우는 그리 많지 않고, 설령 그렇다 해도 부모는 자녀의 학교생활에 큰 권한을 쥐고 있다고 생각하지 않는다. 그러나 한국은 대학에서 유학, 대학원까지 부모가 자녀의 교육 비용을 지불하는 것을 당연하게 여긴다. 한국의 경제 상황이 변하고 대학생은 과거에 비해 훨씬 많은 자유와 특권을 누리고 있지만, 부모의 교육비 부담은 전혀 변하지 않았다. 이런 상황에서 자녀의 인생을 결정하려는 부모의 의견을 쉽게 무시할 수 있을까?

내 커리어를 기억하는 사람은 내가 그 학생들에게 이렇게 조언했을 거라고 예상할 것이다. "꿈을 좇아라." 그러나 "꿈을 찾아라", "꿈을 잃지 말라"는 말은 어린아이에게나 할 수 있다. 성인인 대학생이라면 어른다운 결정을 해야 한다. 그래서 나는 그 학생들에게 본인의 의지대로 살고 싶다면 우선 부모를 설득해야 한다고 얘기했다. 떼를 쓰는 게 아니라 논리적으로 왜 본인이 그 길을 선택해야 하는지, 그 선택이 부모의 투자에 더 유리한 성과로 보답하는 길이라는 것을 설득해야 한다. 부모조차 설득할 수 없는 꿈을 좇는 것은 헛된 망상이나 마찬가지이다. 부모를 설득할 수 없다면 그 미래로 가는 길에 만날 장애물들을 어떻게 극복할 수 있겠는가.

우리는 80세까지, 아니 100세까지 인생을 살 것이다. 그렇다면 지금 어떤 직업을 갖고 있더라도, 그 직업 이후의 삶을 고민해야 한다. 그래서인지 요즘 주변을 돌아보면 젊을 때는 부모나 사회가 정해준 좋은 직업을 유지하다 50대가 넘으면서 정말 하고 싶은 일을 찾아가는 사람이 많다. 잘나가는 의사가 요리사가 되었다, 대학교수가 자동차 수리를 한다는 얘기가 간간이 들린다.

요즘은 많은 청년이 자기가 좋아하는 일보다 남들이 좋다는 일 그리고 높은 보수와 안정적인 직장을 추구한다. 사회적 압력 때문에 남들이 최고라고 여기는 직장이 아니면 쳐다보지도 않는다. 그래서 대기업 취직과 무한정 스펙 쌓기에 몰두하고, 공무원 시험에 매달려 몇 년을 허비하기도 한다. 그 반대편에서는 중소기업들이 인력난을 호소한다. 그러나 인생을 먼저 살아본 선배들은 확고하게 말할 수 있다. 당장은 아니더라도 꾸준히 노력하고 그 꿈을 잃지 않으면 언젠가는 자신이 원하는 일을 할 수 있다고!

불가피하게 지금의 꿈을 접는다 해도 인생은 길다는 사실을 명심하자. 오랫동안 간직한다면 언젠가는 꿈을 이룰 수 있다. 조급해할 필요가 없다.

Part. 2

여자, 그리고
기자로 살아가는 법

기자로
다시
태어나다

　지금은 우리 사회 전반에서 여성 파워가 득세하고 있지만, 내가 기자 생활을 시작할 때만 해도 그렇지 않았다. 여자는 대부분 대학을 졸업하면 조신하게 있다가 결혼하는 것이 일반적이었다. 대학을 졸업한 여자라 해도 교사 아니면 직장 생활을 할 기회가 별로 없었고, 특히 거칠게 뛰어다니며 밤낮없이 취재에 매달리고 술과 회식을 밥 먹듯 하는 기자직을 선택하는 여자는 흔치 않았다. 그러니 어쩌다 여기자를 뽑으면 각 매체에서는 문화부나 여성부 등 상대적으로 비교적 쉬운 부서에 배치하곤 했다. 오히려 상업계나 기술계 고등학교를 졸업한 여자가 은행이나 일반 회사에서 직장 생활을 하는 경우가 많았다.

내가 대학을 졸업한 1985년, 일부 대기업에서 처음으로 대졸 여직원 공채를 실시해 많은 여성이 흥분 상태에서 대기업에 입사했다. 그러나 밀물처럼 대기업으로 빨려 들어간 그들은 몇 년 못 버티고 썰물처럼 밀려났다. 비록 대졸 공채였지만 입사한 후에는 귀족 사위처럼 유니폼을 입고, 차를 나르고, 작은 심부름이나 하는 경우가 많았기 때문이다. 당시 우리 사회에서 여자가 하는 일이란 고작 그 정도였을 뿐이다.

그런 점에서 대학을 졸업하고 여기자 생활을 시작한 나는 행운아에 속했다. 독립적으로 취재하고 기사를 쓰고, 이곳저곳을 누비고 다니는 기자라는 직업에 나는 자부심을 갖고 있었다. 그러나 우리 사회의 전반적 분위기는 내 마음과 달랐다. 직장에서 여직원은 여전히 이등 시민이었고, 많은 경우 남자 직원들 뒤치다꺼리를 도맡았다. 내 첫 직장도 예외는 아니었다.

대학교를 졸업하자마자 취직한 나는 당연히 직장에서 막내였다. 7명의 선배 기자, 3명의 외국인 편집자도 무서웠지만 가장 어려운 사람은 고졸 여직원 언니들이었다. 나는 기자직이었지만 여자이니 여직원이 틀림없었다. 여기자 선배가 한 명 있었지만 다른 여직원들과 나이 차이가 많고 잘 어울리지 않다 보니 그들과 사이가 좋지 않았다. 그래서 총무부 등 다른 부서에 있던 여직원들은 이 선배의 일이라면 제일 늦게 처리하는 식으로 심술을 부리곤 했다. 이런 외중에 또 한 명의 대졸 여기자, 그것도 나이 어린 신입이 들어왔으니 여직원 언니들은 군기를 잡기로 마음먹은 모양이었다. 당시 여직원의 일과 중 하나는 아침마다 직원들의 책상을 걸레질하는 것이었다. 물론 여기자 선배는 그런 일을 하지 않았지만 언니들은 막내인 나를 제외시킬 생각이 추호도 없었다. 드디어 내 차례가 돌아왔고, 나는 고민에 빠졌다.

그러지 않아도 어리고 경험도 없던 나는 기자들 사이에서 무시당하는 느낌이었다. 다른 남자 기자들한테는 '이 기자', '박 기자'라고 부르면서 나는 언제나 '미스 손'이었다. 당시의 분위기로는 흔한 일이었지만, 여자라서 전문직 대우를 안 해주나 싶어 자괴감이 들었다. 그런 상황에서 그들의 책상까지 닦는 모습을 보이면 내 자존감이 바닥으로 떨어질 것 같았다. 고민 고민한 끝에 내가 찾은 방법은 새벽같이 출근하는 것이었다. 깜깜한 시간에 출근해서 남들이 안 볼 때 책상을 걸레질하고 남는 시간에는 아침 신문을 읽기로 한 것이다. 아침잠은 설쳤지만 할 일은 하면서도 자존심은 지키고 싶었던 내 나름의 묘수였다. 게다가 일찌감치 출근해서 열심히 기사를 구상할 수도 있었다.

이때 내가 집중한 것은 '요령 있게 책상 닦기'가 아니라 '누구나 무시당하는 것을 싫어한다'는 사실이었다. 만약 내가 책상 닦기를 거부한다면 간접적으로 언니들의 일을 무시하는 셈이다. 그러니 내가 존중받으려면 내 일을 잘하는 것은 물론이요, 그들의 일도 존중하는 게 맞다. 그렇게 아침 일찍 출근해 책상을 닦았더니 며칠 후, 언니들이 좋은 기사 쓰는 데 집중하라며 책상 닦는 일에서 나를 제외시켜주었다. 그뿐 아니라 업무 요청을 하면 적극적으로 도와주며 나를 친동생처럼 예뻐했다. 조직에서는 성별보다 실력 그리고 실력보다 존중하는 마음이 더 중요하다는 사실을 처음으로 배웠다.

여기자로 일하면서 남자 기자들에게 자주 받은 질문이 있다. 여자라서 취재원들이 부드럽게 잘 대해주지 않느냐는 것이다. 물론 그런 측면도 있다. 잡지 시절에는 남자 기자를 극구 회피하던 취재원이 내가 나서자 호기심이 생겼는지 만나주기도 했다. 더러는 과분할 정도로 친절을 베풀기까지 했다. 하지만 여기자라고 무시하는 경우가 다반사였다. '나이 어린 여기자가 이런 내용을 알겠어?' 하는 가부장적 자세로 여기자에 대해 선입관을 가진 사람이 많았다. 어쨌든 나는 내가 여자라는 사실을 항상 강점으로 활용하려고 노력했다.

〈뉴욕 타임스〉에서 일하던 1990년대 초는 북한 핵 개발에 대한 국제사회의 경각심이 높아진 시기였다. 한번은 청와대 고위 인사와 자리를 함께했는데, 〈뉴욕 타임스〉의 서울 기자가 여자라는 사실에 놀란 그는 너무나 친절하게 북한 핵 개발에 대해 상세한 이야기를 해주었다. 내 생각에는 공개하지 말아야 할 한국의 복안에 대해서도 설명해주었다. 물론 대단한 국가 기밀은 아니었지만, 그의 마음속에는 여기자한테 얘기한들 그 중요성을 알아듣지 못할 거라는 생각이 있었던 것 같다. 그 후 자주 만난 자리에서 내가 북한의 핵 개발 문제에 대해 여러 번 예리한 질문을 던지자 그는 자신의 생각을 고쳐야겠다며 감탄하기도 했다.

또 김영삼 대통령 시절에는 이런 일도 있었다. 요즘이야 생각할 수 없는 일이지만 대통령 기자회견에서 기자들의 자유질문이 가능한 때였다. 대통령의 연두 기자회견에서 몇 명의 지정 기자가 질문을 마치자 대통령이 직접 나서서 기자들을 지명하기 시작했다. 그때 거의 유일한 여기자였던 내가 눈에 띄었는지 대통령이 나를 지목했다. "저기 뒤에 손들고 있는 여기자!" 당시 무슨 질문을 했는지 기억나지 않지만, 그때만큼은 여자로 태어나길 잘했다는 생각이 들었다.

사람들은 보통 기자회견이나 인터뷰에서 날카롭고 예리한 질문으로 상대방을 난처하게 만드는 걸 기자의 능력이라고 생각한다. 하지만 남자 기자들이 이렇게 하면 멋있다고 하면서, 여자 기자들의 경우는 드세거나 사납다고 평한다. 아직도 한국 사회에 남아 있는 여기자, 아니 여성에 대한 편견 때문일 것이다. 그래서인지 내 주변에 있는 여기자들은 혼자 사는 사람이 많았다. 불규칙한 출퇴근 시간, 과다한 업무, 거기에 드세고 사나울 거라는 편견까지 더해져 그랬을 것이다. 과거 이런 편견은 여기자뿐 아니라 거의 모든 전문직 여성에게도 드리워져 있었다. 사실이 아닌 경우도 많지만 전문직 여성을 바라보는 사회의 시각은 냉정했다. 이 모든 고정관념과 싸우며 성공적으로 사회생활을 하는 건 결코 쉽지 않은 일이었다.

다행히 이제 우리 사회도 변해서 전문직 여성에 대한 편견이 많이 사라졌으며, 오히려 슈퍼 우먼을 선망하기도 한다. 여기자에 대한 인식도 달라져 많은 여대생이 편견 없이 기자직을 꿈꾸기도 한다. 정말로 다행스러운 일이라는 생각에 가슴이 뿌듯하지만, 왠지 내 경험들이 옛날 얘기가 되어가는 것 같아 격세지감이 들곤 한다.

청와대에서
모유 짜기

한국의 심장, 청와대에서는 국민이 모르는 많은 사건이 벌어진다. 그러기에 그 안에 들어가는 사람은 일거수일투족 감시를 당하기도 한다. 2000년 아직 차갑던 봄날, 청와대 본관의 여자 화장실 한쪽 칸에 앉아 열심히 모유를 짜던 나는 묘한 스릴감을 느꼈다. 당시 김대중 대통령을 인터뷰하기 위해 청와대에 들어간 터였다. 나는 모유를 짜면서 청와대 안 어딘가에서 CCTV를 감시하는 사람들이 그 모습을 보고 "저 여자 뭐 하는 거야? 뭘 준비하는 거지? 혹시 국가원수를 해치려는 것 아니야?" 하면서 긴급안보회의를 소집하고 비상사태를 선포하는 상상을 했다.

내가 청와대에서 이렇게 한 것은 태어난 지 6개월 된 둘째 때문이었다. 아이를 모유로만 키우겠다며 집에 분유를 사놓지도 않아 그날그날 모유를 짜서 냉장 주머니에 넣어놓지 않으면 다음 날 아이는 꼼짝없이 굶어야 했다. 경험해본 엄마들은 충분히 상상할 수 있을 것이다. 게다가 모유를 미리 짜지 않으면 인터뷰를 하는 도중 김대중 대통령 앞에서 망신을 당할 게 뻔했다. 그러니 어쩔 수 없이 인터뷰 전 잠시 짬을 내 화장실에서 몰래 모유를 짤 수밖에 없었다. 그때는 쑥스러워 아무에게도 말하지 않고 거사를 치렀지만, 지금 생각하면 왠지 불경한 행동을 한 것 같아 김대중 대통령께 죄송한 마음이 든다.

하지만 모유 수유를 안 해본 사람은 모른다. 더욱이 남자들은 상상도 못 한다. 분유의 유혹에 넘어가지 않고 모유를 먹인다는 건 그저 자연스럽게 되는 일이 아니라는 것을. 나는 아이 셋을 낳은 것보다 세 아이 모두 모유를 먹여 키웠다는 사실에 스스로를 대견해한다. 직장 생활을 하면서 이 원칙을 고집스럽게 지켜낸 나 자신이 좀 별나구나 싶기도 하다.

이런 이야기를 하면 사람들은 대개 "왜 그러셨어요?"라고 묻는다. 모유만큼, 아니 모유보다 영양이 더 풍부하다는 분유가 슈퍼마켓마다 가득하니 말이다. 게다가 당시 나는 24시간 생방송이 생명인 CNN의 서울 특파원을 맡고 있었으니 편하게 모유 수유를 할 형편이 못 됐다. 하지만 나는 한국과 미국의 책들을 뒤져본 결과, 아이에게는 절대적으로 모유 수유가 좋다는 결심을 한 터였다. 그렇게 결심했으니 실천하는 수밖에 없었다. 2시간마다 모유를 짜느라 책상보다 변기에 앉아 있는 시간이 더 길었다. 시간과 장소를 가릴 수 없으니 청와대를 비롯해 온갖 건물의 화장실, 심지어 최전방 군부대의 몇 개 없는 여자 화장실에서도 우리 딸들의 식량을 생산·저장했다. 그 덕분에 세 아이 모두 예쁘고 건강하게 자랐다고 생각한다. 분유를 섞어 먹였어도 큰 차이 없었을 거라고 말하는 사람도 있겠지만, 엄마인 내가 느끼는 차이는 크다. 물론 지금 생각하면 어지간히 극성스러웠구나 싶지만, 적어도 엄마로서 자부심만은 하늘처럼 높았다.

아이를 낳고 나니 주위 사람은 물론 온·오프라인에서 이렇게 해야 한다, 저렇게 하면 안 된다 등 엄청난 정보가 넘쳐났다. 그중에서 어떤 기준을 선택할 것인지가 엄마들의 딜레마이기도 한데, 나에게는 모유 수유가 육아의 기준이었다.

일하는 엄마, 특히 스트레스와 시간에 쫓기는 직업을 가진 엄마는 아이한테 줄 수 없는 것이 많다. 매일 책가방을 챙겨줄 수도 없고, 제때 숙제를 봐줄 수도 없다. 갑자기 비가 쏟아져도 학교까지 우산을 들고 갈 수도 없다. 최고 학원을 찾을 시간도 없고, 족집게 과외 선생을 섭외할 수도 없다. 그러니 내 직업 때문에 아이들이 희생을 당하는 건 아닐까 하는 불안감이 있었다. 이러한 불안을 떨쳐버리고 아이를 셋이나 낳아 기른 것은 '절대 기준'만큼은 반드시 실천하겠다는 결심 때문이었다.

　요즘 주변을 보면 모든 걸 다 가질 수 없다는 생각으로 아이 낳는 것까지 포기하는 젊은 여성이 많다. 한편으로는 이해하면서도 안타까운 마음이 크다. 실패가 두려울 땐 아예 시도하지 않는 게 최선일 수도 있다. 특히 지금의 한국 사회는 모든 것이 경쟁이고, 한 번의 실패가 인생에 지대한 영향을 미친다. 그러나 나는 자신 있게 말할 수 있다. 힘든 과정을 겪는 만큼 의미 있는 결과가 기다릴 것이라고. 청와대 화장실에서 모유를 짜낼 만큼 고생스러웠지만 그 결과는 너무나 달고 짜릿했다고.

장례식장에서
대통령 선거를
리포팅하다

2002년 12월 19일, 제16대 대통령 선거일은 내 기자 생활 중 가장 기억에 남는 날 중 하나다. 일단 선거 과정 자체가 너무나 다이내믹했다. 당시 유세 기간 내내 지지율 선두를 달리던 한나라당의 이회창 후보를 막판 뒤집기로 제친 새천년민주당의 노무현 후보가 대통령에 당선된 것이다. 하지만 나에게는 아주 당황스러운 돌발 상황이 발생했다. 선거 전날, 시아버님께서 갑작스레 돌아가신 것이다. 결혼 후 15년간 아버님과 한집에서 살아온 나는 평소 나를 많이 이해하고 아껴주신 시아버님에 대한 정이 각별하고 깊었다. 그런 시아버님이 대통령 선거 전날 임종을 맞으신 것이다.

문제는 상중의 선거 취재였다. 시아버님이 돌아가시자 나는 외아

들인 상주 남편 옆에서 조문객 문상을 받는 등 바쁜 시간을 보내야 했다. 그 와중에 선거 취재를 안 할 수도 없었다. 당시 한국 분위기는 반미 감정이 한창이어서 대통령 선거에서도 큰 변수로 작용했다. 그해 초 동계올림픽의 쇼트트랙 경기에서 미국의 안톤 오노 선수가 다소 과장된 행동으로 한국 선수를 실격시키고 금메달을 목에 건 것이 시초였다. 그다음에는 중학생인 효선, 미순 양이 장갑차를 운전하던 미군의 실수로 사망한 사건이 있었다. 그 사건의 피의자인 미군이 무죄 선고를 받고 풀려나 국민감정을 더욱 자극했다. 당시 중학교 1학년이던 큰딸은 그토록 좋아하던 유명 아이스크림도 미국 제품이라며 먹지 않으려 했다. 반미가 무엇인지 알지도 못하면서 주변 분위기를 따라가고 있었던 것이다.

그해 여름에는 한일 월드컵으로 폭발적이고 격정적인 거리 응원이 등장했는데, 이는 젊은 세대의 감성을 하나로 묶는 기폭제 역할을 했다. 이들은 사회 이슈에 민감하게 반응했고, 때로는 이를 격렬한 시위로 드러내기도 했다. 반미 감정에 대해서도 마찬가지였다. 당시 미국에 대해 비판적 생각을 갖고 있던 일부 젊은 세대는 반미 시위를 통해 이를 표출하며, 미국과 거리를 두고 한미 관계를 새롭게 정립하려는 노무현 후보를 자연스럽게 지지했다. 선거 당일에는 당시 갓 보급된 휴대폰 문자 메시지를 통한 투표 격려로 젊은 세대가 대거 투표장으로 모여들었다. 개표 결과는 그간의 지지율을 뒤엎은 노 후보의 승리였다. 나는 선거 당일 종로구 청운동에 있는 경복고등학교 투표소에서 투표 상황과 전망을 현장 중계하다가 장례식장으로 돌아왔는데, 개표가 시작되고 나온 결과는 엄청난 뉴스였다.

그러나 때는 문상객이 몰아닥치는 밤 시간이었다. 하나밖에 없는 며느리로서 손님들을 외면할 수도 없고, 또 그토록 나를 아껴주신 시아버님에 대한 마지막 효도라 생각하니 차마 자리를 떠날 수도 없어 안절부절못하고 있었다. 어떻게 해야 할지 몰라 머릿속이 분주했다. 평소 내 사회 활동과 기자 생활을 지원하고 격려해주신 시아버님이 살아 계신다면 뭐라고 하셨을까? 아마도 중요한 취재를 외면하라고 하지는 않으실 것 같았다. 그리고 시댁 식구들 역시 시아버님이라면 그러셨을 거라며 내 등을 떠밀었다. 나는 상복을 벗고 현장으로 달려 나갔다.

"단지 사진을 찍기 위해 미국에 가는 후보는 되지 않겠다"고 천명한 다소 반미 성향의 새 대통령에 대해 미국을 비롯한 전 세계의 관심은 대단했다. 이 결과가 한반도와 한미 관계에 어떤 영향을 미칠지, 동북아 정세는 어떤 영향을 받을지 등에 대한 질문이 끊이지 않았다. 덩달아 나도 정신없는 취재와 보도를 이어나갔다.

그리고 시내 곳곳에서 승리의 구호를 외치는 젊은 유권자들의 상기된 모습을 하나도 놓치지 않고 취재했다. 당시 새천년민주당의 당사가 있던 여의도, 광화문의 CNN 사무실, 노무현 대통령 당선자의 지지자가 몰려 있던 시청 앞 광장 등을 혼신의 힘을 다해 뛰어다녔다. 밤새 현장 중계를 하고 새벽 발인 시간에 맞춰 병원으로 돌아온 나는 다시 상복으로 갈아입고 여전히 몰려드는 문상객을 맞이했다. 취재를 성공적으로 완수했다는 생각에 안도감이 들었다. 이루 말할 수 없이 피곤했지만 결국은 두 가지 일을 모두 해냈다는 생각에 마음은 편했다. 현장을 누비며 중계방송을 해야 하는 나는 세 아이의 엄마로서, 시부모를 모시는 외며느리로서 집안일이 끊이지 않았다. 덕분에 가사와 업무가 겹치는 적이 부지기수였다. 때로는 두 가지 역할을 하는 게 너무 힘들어 하나를 포기할 생각도 했지만, 지금은 그렇게 하지 않은 것을 큰 다행이라 여긴다.

젊은 사람들을 만나면 일하면서 직장과 가정 중 무엇을 우선시했느냐는 질문을 가끔 받는다. 특히 여대생이나 여고생들이 많이 하는 질문이다. 그러면 나는 항상 두 가지 모두 중요했다고 대답한다. 물론 모든 걸 완벽하게 할 수는 없다. 실수도 하고 실패도 하기 마련이다. 그러나 우리에게는 언제나 가능성이라는 게 있다. 많은 사람이 인생의 갈림길에 설 경우 '이것 아니면 저것'이라는 양자택일의 선택을 하려 한다. 하지만 하나를 위해 다른 하나를 꼭 포기해야만 할까? 인생은 A이기도 하고 B이기도 하다. 그러니 두 가지 중 하나가 아니라 두 가지를 모두 조화롭게 해낸다면 더 좋은 결과를 얻을 수 있다.

시아버님의 장례와 대통령 선거 취재를 그야말로 정신없이 끝낸 나는 그제야 재미있는 것을 발견했다. 조문을 위해 보낸 화환들을 보니 15대 김대중 대통령이 보낸 것과 16대 대통령 당선자인 노무현 후보가 보낸 것이 나란히 있었다. 내가 한국 정치사의 한 장이 닫히고 새로운 장이 열리는 순간, 그 현장에 있었다는 게 자랑스러웠다. 하늘나라에 계신 시아버님도 그때의 나를 분명 자랑스러워하셨을 거라고 지금도 믿고 있다.

같은 일을 하는
남편을 만난
행운

여자로서 직장과 가정 일을 병행하려면 남편을 잘 만나는 것이 정말 중요하다. 높은 직책과 직위를 가진 사람을 말하는 게 아니라, 내 일을 이해하고 지지해줄 사람이 필요하기 때문이다. 나는 다행히 그런 남편을 만나 많은 도움을 받았다. 지금은 대학교수로 일하고 있지만, 남편도 나처럼 기자 생활을 오래 했기에 내 일을 잘 이해하고 도와주었다. 남편뿐 아니라 시댁 식구들 모두 내 기자 생활에 지지와 성원을 아끼지 않았다. 그러지 않았다면 아마 직장과 가정 일을 병행하는 게 쉽지 않았을 것이다.

남편과는 첫 직장인 영문 잡지사에서 만났다. 내가 몇 개월 먼저 입사했는데, 남편은 유학을 다녀와 나이가 많다는 이유로 들어온 지

얼마 지나지 않아 내 상사가 되었다. 좀 억울하다는 생각도 들었지만, 어쨌든 남편은 곧 취재부의 책임자로서 나를 포함해 7~8명의 기자를 관리하는 한편, 외국인인 편집국장과 직원 사이에서 중간 역할을 했다. 매달 출간하는 잡지사는 정시 출퇴근하는 일반 직장과 달리 마감 때가 되면 며칠을 밤새워 일한 뒤, 며칠 몰아서 쉬는 식으로 업무를 처리했다. 그러다 보니 일반 직장에 다니는 친구들을 만나기 쉽지 않아 결국은 기자들끼리 일하고, 뭉치고, 놀고 하는 게 보통이었다.

나와 남편도 그런 과정을 겪으며 자연스레 가까워졌다. 처음에는 주로 취재와 기사에 대해 얘기를 나누었다. 나처럼 기자라는 직업을 천직으로 생각한 남편은 항상 더 나은 기자가 되기 위해 노력했다. 우리는 어떻게 하면 더 좋은 기사를 쓰고, 더 충실한 인터뷰를 하고, 더 흥미로운 취재원을 찾을 수 있을까 얘기를 나누었다. 지금 생각하면 정말 딱딱하고 재미없는 만남이었다. 사무적이고 낭만이라곤 없었다. 하지만 만남이 잦아지면서 점차 서로의 공통점을 발견했고, 어느새 직장 동료에서 연인 관계로 발전했다. 남편은 내 일을 충분히 이해하고 지지했다. 다소 보수적인 집안에서 자랐지만 유학 생활을 거치면서 개방적이 되었고, 무엇보다 세계 무대에서 일하고 싶어 하는 점에서도 나하고 통하는 게 많았다.

결혼 후, 같은 직장에서 근무하는 게 불편하던 차에 남편이 AP 통신 서울 지국 특파원으로 자리를 옮겼다. 나 역시 얼마 지나지 않아 〈뉴욕 타임스〉로 옮겨 일하기 시작했다. AP 통신과 〈뉴욕 타임스〉 둘 다 미국을 대표하는 언론사이고, 본사가 뉴욕에 있기 때문에 남편과 나 사이에는 약간의 경쟁이 있기도 했다. 그러나 하나는 신문사이고 또 하나는 통신사이기에 서로 피나는 경쟁을 하지는 않았다.

우리는 곧잘 같은 주제에 대해 취재·보도를 했지만, 서로 편집 방향이 다르고 마감 시간도 달랐다. 그래서 때로는 경쟁 대신 서로를 도와주기도 했다. 실시간 속보를 보도하는 AP 통신에서 일하는 남편이 긴급 뉴스를 나에게 알려주는 경우도 있었다. 물론 자신이 먼저 이를 보도한 후였지만 말이다. 그래도 마감 시간이 하루에 한 번인 신문 일을 하는 내게는 많은 도움이 되었다. 또 밖으로 취재를 많이 다닌 나는 기자회견 등에 가서 얻은 정보를 남편에게 보내주기도 했다. 데스크 근무를 많이 하는 통신사 기자에게는 큰 도움이 되었을 것이다.

내가 CNN으로, 남편이 〈뉴스위크〉로 자리를 옮긴 후에도 이러한 공생 관계는 지속되었다. 주로 낮 동안 한 일에 대해 저녁에 집에 와서 얘기했는데, 이를 통해 서로 도움을 받는 경우가 많았다. 이른바 베개 대화pillow talk를 했던 것이다. 비슷한 분야임에도 서로 경쟁하는 회사에 근무하지 않은 것은 참으로 다행스러운 일이었다. 내가 아는 동료 외신 기자 중에는 서로 직접 경쟁하는 회사에서 근무하는 불행한 부부가 많았다.

홍콩에서 근무하던 한 미국인 부부는 남편이 〈타임〉, 부인이 〈뉴스위크〉에서 일했다. 미국의 양대 시사 주간지에서 일하는 그들 부부는 서로 최대 라이벌이기도 했다. 밖에서 하는 일에 대해서는 집에서 입도 벙긋하지 않았다. 해외 출장을 가더라도 어디로 가는지, 무슨 일로 가는지 철저하게 비밀에 부쳤다. 한번은 둘이 같은 시간에 한국으로 취재를 왔는데, 서울 길거리에서 우연히 만나 서로 신세 한탄을 했다고 한다. 이에 비하면 내 경우는 얼마나 다행스러운지 모른다.

어쨌거나 같은 분야에서 일하는 남편을 만난 것은 정말 행운이었다. 서로를 이해하고 서로에게 도움을 줄 수 있기 때문이다. 요즘 주위를 둘러보면 같은 일을 하는 사람끼리 만나 결혼하는 경우가 전에 비해 많은 것 같다. 같은 기자끼리, 같은 교수나 교사끼리, 같은 외교관끼리, 심지어는 같은 연예인끼리 만나는 경우가 잦다. 또 같은 직장에서 만나 결혼하는 경우도 흔하다. 이는 이제 한국 사회도 여자가 과거보다 사회 활동을 하는 기회가 많아진 때문이다.

글로벌 무대에서 일하려면 특히 같은 분야에 있는 남편이나 아내를 만나는 게 좋다고 생각한다. 해외 근무를 할 때 둘 다 외국에 나가 같은 일을 할 수 있기 때문이다. 내가 아는 외국인 중에는 부부가 모두 외교관이라 같은 임지에서 근무하는 사람이 많다. 부부가 글로벌 기업에서 일할 때 한 사람이 해외 지사로 발령이 나면 그 배우자도 같은 지사로 발령을 내는 경우 또한 드물지 않다.

그러나 그보다 더 중요한 것은 같은 일을 하면 부부간 소통이 늘어난다는 셈이나. 바쁘게 생활하다 보면 부부 사이의 대화가 단절되는 경우가 많고, 업무가 전문화·세분화되기 때문에 서로의 일을 이해하지 못하고, 공감하지 못하는 때도 많다. 그런 의미에서 같은 일을 하는 부부는 대화할 기회도 많고 그만큼 서로를 이해할 가능성도 높다. 따라서 나는 동종 업계의 배우자를 추천하고 싶다. 같은 직종이 아니더라도 최소한 상대의 일을 이해할 줄 아는 사람이어야 한다.

영어는
가장 좋아하는
방법으로
배워야 한다

수년 전 조선일보에서 '영어의 달인'이라는 인터뷰 시리즈를 내보냈다. 고맙게도 시리즈의 첫 타자로 나를 선택했는데, 이로 인해 나는 '영어의 달인'이라는 우스꽝스러운 별명을 한동안 갖게 되었다. 그러나 최근 나는 영어의 달인보다 영어 지지자를 자처한다. 정확하게 말하자면 외국어 지지자이다. 자신의 생각과 세계를 넓히는 수단으로 외국어만큼 효과적인 것은 없다고 굳게 믿는다.

거의 20년 전, CNN 특파원 시절 서울 용산 미군 기지 내에 있는 초등학교로부터 학생들의 직업 탐방 시간을 함께해달라는 부탁을 받았다. 저학년 미군 자녀들과 아주 즐거운 시간을 보낸 후 학교 선생님들과 차 한잔 나누고 있을 때, 한 미국 선생님이 내 아이들의 영어 교육을 어떻게 하는지 물었다. 당시 어린 딸을 키우던 나는 요즘처럼 어린아이한테 지나치게 영어 교육을 강요하는 건 잘못이라고 생각한다며, 아주 당당하게 영어 사교육은 안 한다고 대답했다. 그리고 나중에 때가 되면 영어를 자연스럽게 배울 수 있을 거라고 덧붙였다.

나이 지긋한 그 여선생님은 한동안 나를 쳐다보더니 왜 부모의 책임을 회피하느냐고 물었다. 나는 미국 선생님들은 사교육을 지나치게 시키는 한국의 교육 현실을 혐오하는 줄 알았다. 더욱이 영어 교육에 집착할 필요는 없다고 생각하는 줄 알았다. 그러니 부모 책임 운운하는 선생님의 질책에 당황할 수밖에 없었다. 그런데 그 선생님의 설명이 너무나도 내 가슴에 와 닿았다.

아이가 한국말밖에 못 하면 사귈 수 있는 사람은 한국말을 하는 사람뿐일 테고, 읽을 수 있는 책도 한글로 쓰인 책밖에 없을 것이다. 그러나 한글에 영어까지 한다면 사귈 수 있는 사람이나 읽을 수 있는 책이 몇백 배, 몇천 배, 몇만 배로 늘어날 것이라는 얘기였다.

나는 그때까지 영어를 하나의 학교 과목으로만 생각했다. 나 스스로 영어를 하다 보니 아이들 영어 교육을 지나친 사교육 정도로만 여긴 것이다. 요컨대 그 미국 선생님은 나에게 인생의 중요한 성공 수단을 아이한테 쥐여줄 수 있는데도 그런 노력을 하지 않는 것은 부모의 책임을 회피하는 것 아니냐는 가슴 아픈 지적을 한 것이다.

더욱이 나처럼 영어를 잘하는 사람이 말이다.

　물론 그렇다고 당장 아이들의 영어 교육에 집착하지는 않았지만 근본 태도는 바뀌었다. 영어를 가르치느냐 안 가르치느냐가 아니라, 어떻게 하면 즐겁고 신나게 접할 수 있느냐를 중요하게 생각한 것이다. 그래서 당시만 해도 혁신적인 놀이 교육을 도입했다는 영어 학원에 아이들을 등록시키고 몇 년 동안 꾸준히 보냈다. 영어 단어가 늘어나지 않아도, 문법을 배우지 않아도 계속 보냈다. 아이들이 영어로 놀이하고 노래 부르고 색칠하는 게 즐겁다고 느끼길 기다렸다. 그리고 어떻게 하면 아이들이 좋아하는 것과 영어를 접목시킬 수 있을지 모색했다.

　큰아이의 경우는 책이 그 해결책이었다. 책 읽는 것을 좋아하는 큰딸은 초등학교를 졸업할 당시 독서량과 수준이 웬만한 어른을 능가했다. 어느 날 나는 재미있는 소설에 빠져 있는 딸과 나란히 앉아 책을 읽고 있었다. 딸은 한글 소설, 나는 미국 소설.《강 같은 평화 Peace Like A River》라는 소설을 읽고 있던 나는 아이에게 책이 정말 재미있다고 하면서 번역해주기 시작했다. 폐병을 앓는 주인공은 태어나면서부터 깊은 숨을 쉬지 못했다. 아버지는 갓 태어난 아기의 가슴을 손으로 쓰다듬으며 숨쉬기를 간절히 기도했다. 아기는 기적적으로 숨을 쉬고 살아남지만 이후 많은 시련이 그를 기다린다…….

　다섯 장을 읽어주자 아이는 그 이야기에 빠져들기 시작했다. 나는 번역을 멈추고 아이한테 영어를 잘하면 언젠가는 스스로 이 책을 읽을 수 있을 거라고 얘기해주었다. 그리고 아이의 책장에 그 책을 꽂아놓았다. 지금 생각해보면 이렇게 자기를 유혹하는 엄마를 충분히 원망할 수 있었겠지만, 고맙게도 아이는 그 도전을 받아들였다. 몇 년 지나지 않아 아이는 영어 실력이 부쩍 늘어 정말로 그 책을 읽을 수 있을 정도가 되었다. 그리고 어릴 때의 기대만큼 재미있지는 않았다고 고백했지만, 지금도 그 책을 간직하고 있다.

많은 사람이 외국어 공부는 어떻게 해야 하느냐고 물으면 나는 딸아이 얘기를 해준다. 외국어는 평생을 활용해야 하는 소통 수단이기 때문에 스스로 좋아하고 즐기는 것과 접목할 방법을 찾는 게 최선이다. TV 드라마, 스포츠, 인터넷 게임, 여행, 음악…… 무엇이든 상관없다.

외국어에 대한 이런 신념은 어른에게도 해당한다. 내 주위에는 각 분야의 전문가가 많다. 금융, 통신, 의료, 건축, 스포츠, 예술, 요리 등 각 분야에서 두각을 나타내는 사람들이다. 개중에는 세계 무대를 호령하는 사람들도 있다. 내가 아는 사람 말고도 한국에는 세계적 전문가가 정말 많다. 그런데 이런 그들도 나를 만나면 으레 한 번쯤 하는 말이 있다. "내가 영어만 조금 더 잘했으면 정말 세계 무대에서 날렸을 텐데……." 그러면서 젊었을 때 영어를 좀 더 열심히 공부할 걸 그랬다며 아쉬움을 토로한다. 그럴 때마다 나는 지금도 늦지 않았다고 얘기한다. 그러나 성인이 되어 외국어 공부를 시작하는 건 결코 쉬운 일이 아니다.

인생 후반전에 외국어를 습득하지 못한 걸 후회해봤자 아무런 소용이 없다. 많은 젊은이가 자기 분야에서는 외국어가 필요 없다며 대학 입시, 혹은 취직을 위한 공부가 끝나면 이내 외국어와 인연을 끊는다. 그러나 우리가 살고 있는 세상은 벌써 한글의 영역을 벗어났다. 트위터, 페이스북, 인스타그램instagram 등 우리가 사용하고 있는 네트워크는 이미 국가라는 경계를 뛰어넘었고, 여기서 한글만 하는 회원과 한글 및 다른 외국어를 함께 구사하는 회원의 차이는 갈수록 두드러지고 있다.

이제 우리는 스스로를 위해 세계와 연결할 수 있는 수단인 외국어를 무기로 활용할 수 있어야 한다. 고작 몇 명만 뽑아서 '영어의 달인'이라며 부추기고 초점을 맞추던 시대는 벌써 저만치 뒤로 물러났다.

나도 당연히
일하는 여성이
될 것이다

우리 부모님은 딸 넷을 키우면서 독특한 교육 방식을 택하셨다. 가정교육에서는 엄격하고 보수적이라 가끔은 〈사운드 오브 뮤직〉에 나오는 본 트랩 대령의 가족이 생각날 정도였다.

부모님 말씀에는 절대 복종해야 했고 지켜야 할 예의범절이 가득했다. 물론 비교적 즐겁고 화목한 가정이었지만, 기본 규율은 엄격했다. 다른 집을 방문했다가 돌아갈 시간이 되면 군소리 없이 일어나야 했고, 저녁 식사는 반드시 다 같이 식탁에서 했다. 그리고 식사를 먼저 끝냈다 해도 부모님의 허락을 받지 않으면 자리를 떠나지 못했다.

이러한 보수적 가정교육에 비해 부모님의 교육관이나 직업에 대한 시각은 개방적이었다. 특히 딸의 장래에 대해서는 상당히 진보적 생각을 갖고 계셨다. 자식이 모두 딸이지만 각자의 직업을 갖고 활발하게 사회 활동을 할 수 있다는 생각을 하게끔 해주셨다. 공무원인 아버지와 음악대학 교수이던 어머니는 당시만 해도 흔치 않은 맞벌이 부부였다. 그 때문인지 우리 자매들이 평범한 가정주부가 될 것이라는 생각은 별로 하지 않으신 것 같다.

물론 우리도 항상 강의를 나가거나 피아노 레슨을 하시는 어머니의 모습을 보며 전업주부가 되는 미래를 생각해본 적이 없다. 그렇다고 부모님이 여성의 사회 참여를 주창하는 개혁적인 성향이었던 것은 아니다. 그보다는 자식 모두가 자신만의 고유한 세계를 갖고 있어야 한다고 생각하신 것 같다.

직업과 관련해 어릴 때 부모님께 들은 이야기 중 가장 기억에 남는 것은 결혼을 해도 자기만의 분야가 있어야 한다는 것이었다. 즉 남편의 직업도 중요하지만 아내도 평생 무언가를 해야 한다는 뜻이었다. 설령 직업이 아니라도 제 나름대로의 특기, 아니면 취미라도 있어야 한다고 가르치신 것이다. 음악가인 어머니는 여자가 평생 할 수 있는 가장 좋은 일은 예술이라고 믿어 어릴 때부터 직접 우리에게 피아노를 가르쳐주셨다.

물론 어머니에게 직접 배우는 고통을 피하기 위해 우리는 일찌감치 다른 악기를 찾아 떠났다. 나는 키가 컸기 때문에 첼로를 배웠고,

바로 밑의 동생은 비교적 작은 체구에 맞는 바이올린을 택했다.

나는 대학 시절까지 첼로를 했으나 언론 분야에서 자리를 잡았고, 동생은 바이올린을 계속해서 부모님의 기대대로 지금 아이들을 가르치는 선생님으로 일하고 있다. 나머지 두 동생도 미술을 전공해 갤러리를 운영하거나, 작곡을 전공해 방송 일을 거쳐 대기업 임원으로 일하기도 했다. 부모님이 기대하신 것과는 조금 다르지만 넷 다 본인만의 커리어를 갖게 된 것이다.

중요한 것은 우리 자매들의 인생에 미친 부모님의 영향이다. 부모님 세대만 해도 여성의 직업은 커리어보다 생계 수단이었다. 공무원의 적은 봉급으로는 딸 넷을 교육시킬 수 없다는 생각에 어머니는 직업 전선에 뛰어드셨다. 그리고 우리에게도 평생 직업을 권장하셨지만, 어쩌면 직업을 취미처럼 할 수 있는 귀부인 생활을 원하신 것인지도 모른다.

이처럼 우리는 고단하지만 열심히 일하는 어머니, 학생들에게 존경받는 교수님을 롤모델로 두었다. 무엇보다 남편과 동등하게 대화를 나누고 서로의 커리어를 지원하는 아내를 보며 성장했다. 그러면서 여성의 사회적 역할을 자연스럽게 받아들였다.

내가 좋아하는 이솝 우화가 하나 있다.

어미 게가 모래밭을 옆으로 걷고 있었다. 새끼 게가 똑같이 옆으로 걸으니까 어미 게가 야단을 치면서 "내가 하는 대로 따라 하지 말고 시키는 대로 똑바로 걸어!"라고 한다. 물론 새끼 게는 그렇게 하지 못한다. 부모가 무슨 얘기를 하든 자식은 부모가 하는 행동을 보고 배우게 마련이다.

오늘날 한국 사회의 여성 취업 상황을 보면 대학을 졸업한 직후에는 남성보다 높은 취업률을 보이지만 결혼 후, 특히 출산을 하면서 직장을 떠나는 경우가 많다. 40대에 이르면 여성의 취업률은 급격히 떨어진다. 이는 양육 문제로 여성이 사회생활을 포기하고 육아에 집중한다는 걸 의미한다. 이런 현상이 가져오는 경제 효과와 사회 문제에 대해서는 여성계, 언론계나 정치권에서도 많이 지적하고 있다. 그러나 나는 또 하나의 문제를 지적하고 싶다. 이렇게 사회생활을 포기한 어머니가 키우는 아이들의 미래가 바로 그것이다.

어머니가 아무리 여성의 사회 참여를 주장한다 해도 정작 본인이 그러지 못하면 아이에게 큰 영향을 미치지 못한다.

나는 일하는 여성으로 완벽한 어머니가 아니다. 아이들에게 충분한 관심과 사랑을 주지 못했다는 죄책감을 항상 갖고 있다. 그러나 우리 아이들은 내가 말로 가르치지 않아도 여자든 남자든 누구나 이 사회에서 자기만의 일을 가져야 하며, 어렵고 힘들어도 포기하지 말아야 한다는 걸 체득했으리라 생각한다. 내가 그랬던 것처럼.

풍부한
여성성은
단점이 아니라
장점이다

얼마 전 지인에게서 내 모교인 이화여자대학교가 남녀공학으로 전환을 고려하고 있다는 얘기를 들었다. 이제는 여자대학이 필요한 이유도 없고, 뛰어난 학생을 끌어오기도 힘들어 취업률도 저조하고, 좋은 연구 결과도 나오지 않는다는 게 그 이유였다. 요컨대 대학교 순위에서 자꾸 밀리므로 정책적 변화가 필요하다는 것이었다.

이화의 전신인 이화여전을 설립한 1800년대 말에는 여자들을 따로 교육시키는 게 매우 힘든 일이었다. 신분 높은 집 규수들은 시집 갈 때까지 글을 배우고 학문을 익혔지만, 그렇지 않은 여성들은 집 안일을 돌보다 어느 정도 나이가 들면 시집을 가는 게 예사였다.

이때 미국 선교사 스크랜턴 여사가 한 여학생을 가르치면서 이화의 뿌리를 세웠다. 그래서 이화의 영문 이름은 다른 여자대학처럼 Women's University가 아닌, 문법적으로 맞지 않는 Ewha Womans University라는 단수 표현을 쓴다.

이어 여자들의 고등교육을 본격적으로 맡기 시작하면서 결혼하면 학교를 그만두어야 한다는 학칙을 세웠다. 어떤 사람들은 결혼한 여성을 차별 대우하는 학칙이라고 비난하지만, 이 규정은 결혼한 여자를 받아들이지 않겠다는 게 아니라 젊은 여자들이 학교에 계속 다니며 공부할 수 있도록 하는 데 뜻이 있었다. 내가 대학을 다니던 시절에도 이 규정은 남아 있었고, 이런 규정 때문에 불편해하고 또 몰래 결혼한 후 계속 학교에 다니던 친구들도 있었다. 하지만 졸업하기 전에는 결혼할 수 없다는 학칙은 당시 여자들이 학업에 집중할 수 있게끔 만드는 최선의 방도였던 것 같다.

한편, 사회와 기업에 남녀 차별이 심하게 존재하던 시절에는 여자대학이란 울타리 안에서 상대적으로 많은 자유를 누릴 수 있었다. 여자대학을 다녀보지 않은 사람은 잘 모를 것이다. 일례로 교정의 잔디밭에 드러누워 시간 가는 줄 모르고 떠드는 것은 그 시절 남녀공학에서는 흔히 볼 수 있는 풍경이 아니었다.

그러나 이 모든 게 과거의 장점이었다면, 시대가 변한 오늘날 여자대학이 존재해야 하는 이유는 무엇일까 생각해본다.

이제는 많은 남녀공학에서 여학생 비율이 절반 이상 되고 여자대학에 가지 않으려는 경향이 강해졌다. 그리고 사회적으로도 남녀 차별이 훨씬 줄어들었다.

그러나 내가 보기에 우리 사회에서는 아직도 여자들이 어떻게 자기만의 방식으로 행동해야 하는지를 터득하지 못한 것 같다. 과거 남자만 했던 많은 일을 이제는 여자들이 함께 한다. 그러나 여자가 경찰이 되고, 군인이 된다고 해서 모든 걸 해결할 수 있는 건 아니다. 같은 직업군에서 승진하는 것은 여자의 수가 늘고 근무 연수가 지나면 어느 정도 가능할 것이다.

하지만 그 단계를 넘어 이제는 여성 경찰서장과 여성 군 장성이 어떻게 남자와 다른지를 보여주어야 한다. 기회는 열려 있고, 이를 어떻게 활용할지는 여성들의 몫이다.

몇 년 전 작은 기사를 하나 읽었다. 여성 장교에 대한 부하들의 의식을 조사한 내용이었다. 여기서 나온 답변 중 가장 눈에 띄는 것은 남자처럼 행동하는 여성 장교보다 여성임을 굳이 숨기려 하지 않는 장교가 좋다는 의견이었다.

물론 어떻게 해석하느냐에 따라 여성에 대한 편견이라고 할 수도 있지만, 여성 장교는 엄연히 남성 장교와 다르다. 관심 사항이 다르고 행동 방식이 다르고, 요구 조건도 다를 것이다. 많은 여성이 남성 지배 사회에서 성공하려면 남성과 똑같이 행동해야 한다고 생각한다. 게다가 여성을 겨냥한 서적들은 남성보다 뛰어난 성과와 실력을 보여주어야 한다고 지적한다.

몇 년 전 CNN에서 같이 근무하던 여성 마케팅 임원이 책을 한 권 냈다며 보내주었다. 그런데 한국말로도 번역된 이 책의 제목은《남자처럼 일하고 여자처럼 승리하라Win like a woman, play like a man》였다. 스스로 이런 어마어마한 족쇄를 차고 있는 한국 여성들은 참으로 고달프다. 일하기도 바쁜데 아이를 낳고 기를 시간이 어디 있느냐며 고민을 털어놓는다.

그러나 어느 정도 사회생활을 한 후에야 내가 깨달은 사실은 오히려 여성임을 드러낼 때 더 인정받을 수 있다는 것이다. 여기자가 흔치 않던 시절, 나는 차별보다는 오히려 특별 대우를 받은 적이 많다. 무시를 당할 때도 있었지만 그것 또한 이용하기에 따라 좋은 정보를 얻어내는 데 도움이 되었다. 그리고 유일한 여기자였기에 좋은 취재원과 좋은 질문 기회를 많이 얻을 수도 있었다.

그러나 외신 기자라는 울타리를 벗어나 한국의 사회 조직 그리고 공무원 조직에 입문했을 때는 사정이 달랐다. 그중 나를 가장 당황하게 만든 것은 회식 문화였다. 처음에는 다른 직원들이 하듯 똑같이 참석하고 똑같이 마셨다. 물론 똑같이 취했다. 이런 술자리를 여러 번 경험하는 동안 나는 드디어 요령을 터득했다. 술을 몰래 버리는 것도 아니고, 술을 마시는 척하는 것도 아니었다. "나는 그만 마시겠다. 이제 집에 가봐야 한다." 이렇게 내 의사를 분명하게 전달하는 것이었다. 남자 직원들과 달리 나는 집에 가서도 엄마로서 할 일이 많았다. 게다가 남자 직원들처럼 다음 날 사우나에 가거나 낮잠을 잘 수도 없었다. 나는 선천적으로 그런 식의 일탈을 허용하지 못하는 성격이다.

처음엔 이런 내 태도에 직원들이 살짝 당황한 듯했다. 그러나 내가 그들을 무시해서 그러는 게 아니라는 사실을 깨닫자 오히려 내 행동을 존중해주었다.

CEO 시절에도 마찬가지였다. 나는 아직도 골프를 칠 줄 모른다. 사장이 되자 많은 사람이 이제는 골프를 배워야 제대로 로비를 할 수 있다고 충고했다. 물론 하루 종일 골프장에서 고객이나 정치인과 함께 지내면 더 친밀해질 수 있고, 그러면 더 큰 혜택을 받을 수 있었을지도 모른다. 그러나 나는 그럴 시간도 없고, 그럴 마음도 없었다. 회사에서 집으로 귀가하면 가족이 내 최우선순위이기 때문이다.

그리고 골프가 아니라 고객과 정치인에게 도움 되는 서비스를 개발하고 제공하는 것이 더 중요한 일이라고 생각했다. 그래서 술을 마시거나 골프를 하지 않고도 아리랑 국제방송 TV CEO직을 수행하는 동안 누구 못지않은 예산을 확보하고 마케팅 수입을 올릴 수 있었다.

기자 생활을 하면서 한국 최초의 여성 대통령을 비롯해 한국 사회의 남녀 금기를 뛰어넘은 많은 여성을 만나볼 기회가 있었다. 지금은 당연하다고 생각하지만 경제 기자 시절에는 최초의 여성 지점 장을 인터뷰했고, 한국 최초의 여자 법조인인 고 이태영 박사를 만날 기회도 있었다.

CNN 시절에는 최초의 여성 경찰서장 김강자, 세계적으로 뛰어난 실력을 인정받은 박세리 선수, 한국 최초의 우주 비행사 김소연에 대한 기사 등 다양한 여성 인물 기사를 내보냈다.

이들 중 진정한 여성 리더로서 후대에 업적이 남을 사람은 남자와 똑같은 일을 한 여자가 아니다. 여자이기 때문에, 또 여자만 할 수 있는 일을 이뤄낸 여성이라고 생각한다. 이것이 여자로 태어나서 여자로 산다는 것의 진정한 의미이다. 그래서 나는 이런 여자로 사는 것에 대한 의미를 가르쳐준 모교 이화여대에 감사한다. 그리고 생각한다. 아직은 여자대학이 존재할 이유가 충분히 있다고.

좋은 동반자가
좋은 커리어를
만든다

여성 문제에 관한 어느 세미나에서 강의를 마치고 청중에게 질문을 받고 있는데 한 젊은 여성이 손을 들었다. "다들 취직해서 일을 하다가 결혼하고 아이를 낳으면 회사를 그만둡니다만, 저는 그러고 싶지 않습니다. 어떻게 해야 할까요?"

나는 주저 없이 이렇게 대답했다. "결혼을 잘해야 합니다." 이는 잘생기거나 부자이거나 성공한 사람과 결혼하라는 얘기가 아니다. 이와 관련해 내가 걱정하는 현상 중 하나는 TV 드라마에서 신데렐라 스토리를 자꾸 반복하는 것이다. 가난하고 보잘것없는 집안의 발랄하고 똑똑한 여성이 잘생기고 부자인 데다 성공까지 한, 주로 성격이 못된 남자 눈에 띄어 악질적인 부유한 여성 경쟁자를 물리치고 그를 차지한다. 그 결과 여자는 부유한 삶을 누린다.

이런 사람이야말로 아이를 낳기도 전에 직장을 그만둘 여성이다. 물론 나도 가끔은 이런 드라마를 보며 환상에 빠지기도 하지만, 분명한 사실은 이게 말 그대로 환상이라는 걸 잊지 말아야 한다는 것이다. 남자가 여성이 직면한 모든 문제의 답은 아니지만, 어떤 남자와 결혼하느냐는 분명 여성의 미래에 지대한 영향을 미친다.

내 남편은 여성이 진지하게 자신의 커리어를 꾸준히 발전시켜나가고 싶다면 이른바 남자의 직업으로 선호하는 의사나 변호사, 대기업 임원 같은 사람은 만나지 말아야 한다고 주장한다. 이런 직업은 워낙 바쁘고 스트레스가 많아 배우자인 여성의 커리어가 항상 희생당하기 쉽다는 것이다. 그러면서 교수나 기자처럼 시간적 융통성이 있고 마음의 여유가 있는 직업이 좋다고 말한다. 물론 전적으로 동감하기는 어렵지만, 우리 부부의 경험을 빗대어 하는 이야기인지라 반박하기 힘들다.

우리 부부는 같은 잡지사에서 기자로 만나 사내 결혼을 했다. 그 뒤로 20년 넘게 같은 직업을 갖고 살아왔다. 때로는 같이 출근하고, 같이 퇴근하기도 했고, 한동안 같은 사무실을 쓰기도 했다.

이렇게 오랫동안 같은 일을 하면서도 아직 별다른 문제 없이 살고 있는 우리를 보면서 부러워하는 젊은 사람이 많다. 그럴 때마다 나는 얘기한다. 처음부터 둘이 서로의 미래에 대해 많은 대화를 하고, 또 살면서도 서로의 꿈과 희망에 대해 끊임없이 소통하지 않으면 어려운 일이라고. 그리고 덧붙인다. 우리 부부가 항상 평화를 유지하는 것은 아니라고.

몇 년 전 미국에서 열린 '세계 여성 미디어 지도자 대회'에 참석한 적이 있다. 미디어에 종사하는 세계 각국 여성 간부들이 참석해서 최근의 미디어 동향, 여성 운동의 미래와 방향 등 주요 이슈들에 대해 토의하는 자리였다. 대회 마지막 날에는 실제 상황을 중심으로 리더십 결정 과정에 대한 롤플레잉role-playing 시간이 있었다. 남녀 차별 상황에 처하면 어떻게 행동할 것인가, 여성 관련 이슈에 대해 어떻게 기사를 쓸 것인가 등에 대한 역할극이 펼쳐졌다.

그중 재미있었던 것은 회사에서 갑자기 출장 명령이 떨어졌을 때 대처하는 방법이었다. 갑작스러운 출장 소식을 식구들, 특히 남편한테 어떻게 이야기해야 할까? 그런데 이 역할극의 목적은 어떻게 하면 남편이 아내의 출장을 기분 좋게 받아들이도록 하느냐였다. 요컨대 남편한테 통보 형식으로 말하지 말고 상황부터 부드럽게 설명한 다음 허락을 구하듯 대화를 이끌어나가라는 것이다. 물론 남편의 허락이 반드시 필요한 것은 아니지만, 이런 인상을 주는 것이 부부간의 우애에도 바람직하다는 얘기였다.

서양 사회는 한국보다 훨씬 남녀 평등적일 거라고 생각한 나로서는 놀라운 장면이 아닐 수 없었다. 아내가 출장을 가기 위해 남편한테 그렇게까지 아양을 떨어야 한다니…….

그러나 조금만 생각하면 당연한 일이다. 이런 일상적 상황을 어떻게 처리하느냐에 따라 부부 사이가 좋아질 수도 나빠질 수도 있기 때문이다.

물론 그 롤플레잉의 조언은 여성한테 한 이야기이고, 주로 여성이 동감할 상황이라고 할 수 있다. 하지만 결혼 상대를 고르려는 남녀에게 모두 해당하는 이야기이기도 하다.

나는 스물여섯 살에 결혼했지만, 요즘 젊은 세대는 이보다 훨씬 늦게 결혼한다. 아마도 수명이 과거보다 길고 취직하기도 쉽지 않으니 조금 늦게 가정을 꾸리려는 것 같다. 그러나 늦은 결혼과 준비 없이 하는 결혼은 분명 다르다.

아이들이 하는 놀이 중 '의자에 먼저 앉기musical chairs' 게임이 있다. 인원보다 한 개 모자란 개수의 의자를 둥글게 놓고 음악을 틀면 아이들은 의자들 주위를 빙글빙글 돈다. 그러다 갑자기 음악이 멈추면 서둘러 의자에 앉고, 자리를 차지하지 못한 아이는 게임에서 탈락한다. 그런 식으로 의자를 하나씩 빼고 게임을 계속해 마지막까지 남는 사람이 우승하는 게임이다.

우리 인생에서 항상 음악이 나오고, 항상 기회가 있으리라는 법은 없다. 언젠가는 음악이 멈출 거라는 얘기다. 그 전에 준비를 못 하면 자칫 앉을 자리가 없다. 더 심각한 것은 급하게 앉다 보면 아무 의자에나 앉게 된다는 것이다.

결혼은 급하지 않다고 생각해 커리어에 집중하며 살아왔는데, 어느 날 문득 주위를 둘러보니 친구들이 모두 짝을 만나 결혼했다며 한숨을 쉬는 사람을 너러 볼 수 있다. 그런 사람 중에는 자기만 결혼을 못 할 것 같은 조급한 생각에 조건이 괜찮은 적당한 상대와 결혼하는 경우가 적지 않다. 영어 표현으로 'settle'을 하는 것이다. 앞에서 말한 신데렐라와 마찬가지로 이런 사람도 성공적인 직장 생활은 물론, 화목한 결혼 생활을 유지하기 어려울 것이다.

바람직한 부부 또는 부모가 되려면 두 사람 모두의 노력이 필요하다. 특히 부모 역할은 부부가 협력해서 해결해야 할 과제라고 생각한다. 아무리 국가의 복지 제도가 발달해도, 아무리 훌륭한 어린이집이 많아지고 출산휴가가 길어져도 부부가 아이를 어떻게 키울 것인지, 각자 어떤 역할을 할 것인지, 그리고 이런 역할과 각자의 커리어를 어떻게 조화시킬 것인지에 대해 소통하지 않으면 온전한 결혼 생활을 영위할 수 없다.

그리고 이런 대화와 조정은 결혼 후에만 하는 것이 아니라 일찍 시작하고 오랫동안 하는 것이 바람직하다. 가능하면 결혼 전에 장래 커리어와 가정 꾸리기에 대해 충분히 대화를 나누고 합의하는 게 좋다. 그래야 결혼 후 큰 무리 없이 부부 모두 원만하게 살아갈 가능성이 높다. 특히 늦게 하는 결혼일수록 실패 확률을 줄이기 위해서라도 이러한 사전 노력이 필요하다.

결혼은 훌륭한 스펙을 가진 사람과 하는 것이 아니다. 내 인생의 진정한 동반자와 해야 하는 것이다.

아이는
언제
낳으면
좋을까요?

나는 30여 년간 직장 생활을 하면서 아이 셋을 낳아 길렀다. 그러다 보니 젊은 여성들이 자신들의 최대 고민 중 하나인 아이 낳는 시기에 대해 질문을 많이 하는 편이다.

통계로도 알 수 있듯 요즘은 많은 여성이 직장 생활을 하는 비율도 높고, 군 복무를 마쳐야 하는 남성에 비해 더 빨리 사회에 뛰어든다. 그리고 한창 일할 나이에 사랑하는 남자를 만나 결혼하고 아이를 낳아 가정을 꾸리는 계획을 세운다. 여성들의 고민은 이때부터 시작된다. 그러잖아도 어렵게 구한 직장에서 인정을 받아야 하는 시기에 아이를 낳으면 경쟁이 치열한 회사 내에서 뒤처질 게 뻔하다. 아이와 커리어 사이에서 고민이 깊어지는 것은 당연한 일이다. 어느 것도 포기할 수 없지만 현실적으로 중요한 것은 당장의 생활이다. 그러다 보니 자꾸 아이 낳는 시기를 미루고, 나이가 들수록 임신 자체가 힘들어진다. 이것이 한국이 세계에서 출산율이 가장 낮은 이유 중 하나일 것이다.

이런 현상은 비단 한국 여성만 겪는 일이 아니다. 2014년 미국 회사 애플Apple과 페이스북Facebook은 자신의 난자를 난자은행에 보관하려는 여직원에게 금전적 지원을 하겠다고 발표했다. 발표 직후 미국 사회는 논란으로 들끓었다. 불필요한 의료 시술을 조장한다는 비판과 여성에게 더 나은 육아 환경을 마련해주어야 한다는 주장도 있었다. 하지만 나는 두 회사가 여성들이 겪는 지극히 현실적 문제에 대해 아주 현실적 제안을 한 것이라고 생각했다.

직장 생활을 하느라 좋은 배우자를 만나지 못한 여성이나, 결혼은 했어도 커리어를 위해 아이 낳기를 미루는 여성에게 이보다 현실적 제안이 있을까. 아이나 직장을 포기하는 대신 스스로 그 시기를 조정할 수 있으니 말이다.

이 기사를 접한 나는 참으로 속 시원한 제안이라는 생각이 들었다. 여성을 실질적으로 도울 생각이 있는 건가 싶을 만큼 모호한 여성 관련 정책들에 비해 최소한 여성들의 고민에 귀 기울인 제안이라는 믿음이 갔기 때문이다. 그러면서 한편으로는 오늘날의 현실이 너무 적나라하게 드러난 듯해 왠지 마음이 쓸쓸했다. 그렇게까지 해야

만 하는 여성 직장인들이 안쓰러웠다.

나는 첫아이를 직장 생활 초창기인 스물일곱 살에 낳았다. 그리고 둘째와 셋째는 10년과 12년 후, 내 커리어의 중반 때 출산했다. 직장 생활이 바쁘고 남아를 선호하는 시대의 정서 등 여러 가지 요인이 있었지만, 내가 비교적 늦게 두 아이를 낳은 것은 사실 불임의 원인이 컸다. 그래서 불임 여성이 겪는 의료 과정과 그에 따른 고통 그리고 직장 여성이 난자를 저장하는 과정이 얼마나 복잡하고 힘든지 너무나 잘 알고 있다. 또 일찍 아이를 낳았을 때와 출산을 미뤘을 때의 장단점을 모두 이해할 수 있다.

일찍 아이를 낳기로 결정했다면 사회생활 초창기에는 모험을 해야 한다. 아직 직장에서 자신의 위치를 다지기 전에 '애 엄마'라는 불이익의 딱지가 붙기 때문이다. 따라서 일찌감치 회사에 충성심을 보이고, 동료들과 우정을 돈독하게 쌓고, 자신에 대한 투자를 충분히 해야 한다. 지나칠 정도로 열심히 일하고, 열심히 어울리고, 열심히 실력을 쌓아야 한다. 나도 첫 직장에서 3년간 이러한 투자에 몰두했다. 회식과 단체 여행에도 빠지지 않고 참석했으며, 동료들에게 관심과 배려를 아끼지 않았다. 서점을 뒤져 기사 쓰는 법에 대한 책을 독파하고, 유명 영문 잡지의 기사를 분석하는 등 상사에게 실력을 인정받기 위해 부단히 노력했다. 그 덕분에 나는 첫아이를 낳고 2개월의 출산휴가를 마친 후 성공적으로 복귀할 수 있었다.

만약 좀 더 시간이 흐른 후 아이를 낳겠다고 결정했다면, 사회생활 초창기와 달리 사회적 책임이 한층 큰 나이가 될 것이다. 둘째와 셋째를 낳았을 때 나 역시 중간 계급으로서 부하 직원도 거느리고, 회사 내 책임감 또한 커진 시기였다. 아울러 회사 내에서의 존재감 만큼이나 경쟁이 치열한 시기이기도 했다. 요컨대 인간적 매력이 아닌 내 능력이 아래위로부터 혹독한 평가를 받는 시기였다. 그때 무엇보다 인맥 관계가 중요했다. 지금 생각해보면 경제적으로는 10년 전보다 한결 여유로웠지만 사회생활은 더 힘들었던 것 같다. 그래서 첫째 아이는 회사에 자주 데리고 다녔지만, 둘째부터는 그럴 여유가 없었다. 상사보다 부하의 눈치가 더 무섭다는 걸 그때 깨달았다. 남편, 시집 식구 그리고 당시 열 살이던 첫째 딸의 협조가 없었다면 그 시기를 잘 견뎌낼 수 없었을 것이다.

만약 이 같은 시기에 아이를 갖고 싶은 직장 여성이 있다면 육아 네트워크를 잘 형성한 뒤 실행에 옮기라고 조언하고 싶다. 일차적으로 남편이 중심이 되어 친정 부모를 포함한 친정 식구들, 시부모를 포함한 시집 식구들, 전문 육아 도우미, 어린이집 선생님, 이웃집 아줌마 등 육아에 도움을 받을 수 있는 사람들을 충분히 만들라는 뜻이다. 일하는 엄마가 되려면 주위 사람들과 사이좋게 지내야 한다. 회사 내에서도 내 입장을 이해하고 옆에서 도와줄 충실한 동료를 많이 확보해야 한다. 그러면 "아이는 언제 낳으면 좋을까요?"에 대한 답이 분명해진다.

다시 말하지만 아이를 낳고 기른다는 것은 내가 태어나서 가장 잘한 일이라 생각한다. 세상 어떤 일보다 큰 성취감을 느꼈고, 나를 완성시킨 가장 중요한 일이었다. 이렇게 중요한 일을 시작하기 전에는 부부가 함께 출산과 육아 계획을 세워야 한다. 맞벌이 부부들이 신중한 계획 없이 아이를 낳고서 여성이 직장을 그만두거나, 출산 시기를 놓치는 것을 흔히 본다. 여성이 커리어를 지키면서 가정을 꾸려나가는 일은 정말 어렵다. 모든 것이 눈 깜짝할 사이 변하는 이 사회에서 여성의 역할에 대해서는 이토록 고집스럽게 변화를 거부하기 때문이다. 따라서 이 사회에 사는 여성은 고충을 견뎌내면서 세상에서 제일 큰 기쁨인 아이를 낳아 기를 각오를 해야만 한다. 각오가 되어 있다면 시기는 문제가 안 된다.

나도 결혼하면서 시집살이를 경험했다. 27년 동안 시부모님의 시선 아래 살았고, 한 달 건너 돌아오는 제사를 지냈으며, 음식을 못하는 내가 생일이 하도 많은 덕분에 미역국 하나는 잘 끓이게 되었다. 하지만 집안 어르신들 덕분에 육아의 고충을 나눌 수 있었다. 같은 일을 하는 남편은 급한 뉴스를 쫓아다니는 나를 무조건 뒷바라지해주었다. 내가 공무원으로, 방송국 사장으로 치열하게 지내는 동안 나보다 조금 여유가 있다는 이유로 아이들의 학부모 회의에

도맡아 참석하며 열심히 아빠 노릇을 해주었다. 이러한 협조가 없었더라면 내가 어떻게 사회생활을 잘할 수 있었을까 싶다.

무엇보다 중요한 것은 모든 결정을 부부가 함께 해야 한다는 것이다. 보통 여성이 출산 시기에 대해 질문을 자주 하는데, 사실 이는 남자도 해야 하는 질문이다. 두 사람이 마음을 맞추었다면 일찍 아이를 낳든 좀 더 기다렸다가 낳든 상관없다. 부부가 함께 육아라는 어려운 과정을 극복할 각오를 했다면 그것으로 준비는 끝난 셈이다.

우리 아이들의
세상 구경

요즘 젊은 세대를 보면 부러운 생각이 많이 든다. 방학이 되면 배낭을 메고 유럽으로, 미국으로, 아시아로 여행을 다니며 세상 구경을 하고 재미도 느끼며 살기 때문이다. 내가 학교에 다니던 시절에는 꿈꾸기조차 어려운 일이었다. 잘해야 국내 여행이었지 해외에 나간다는 것은 쉽지 않았다. 더구나 식구끼리라면 몰라도 혼자, 또는 친구들과 어울려 나가는 것은 더욱 그러했다. 나는 초등학교 시절 부모님을 따라 미국에서 5년 동안 살아 좀 특별한 경우에 속하지만, 그 후 귀국해서 결혼할 때까지는 외국 여행을 할 기회가 거의 없었다.

그러나 우리 아이들에게는 좀 더 넓은 세상을 경험할 수 있는 기회를 주고 싶었다. 대단한 과외 공부나 값비싼 가정교사는 못 대줘도 최소한 세상 돌아가는 모습은 보여줄 수 있기 때문이다. 그래서 여름휴가 때면 아이들을 데리고 외국으로 가족 여행을 다니곤 했다. 남편도 비교적 휴가가 많아 가능했다. CNN에서 근무한 15년 동안 1년에 한 번씩 미국 애틀랜타 본사를 방문해야 했는데, 그때마다 휴가 겸해서 식구들과 동행한 것이다. 정식 본사 방문이기에 회사에서는 비즈니스석 항공권을 제공했다. 나는 이를 이코노미석으로 바꿔 추가 비용 없이 두 명 혹은 세 명이 함께 가곤 했다. 게다가 회사에서 제공하는 호텔에 묵었기에 숙박비 걱정도 할 필요가 없었다.

애틀랜타에서 볼일을 마친 후엔 다른 지역에 있는 친척이나 친구들을 방문하러 가기도 하고, 때로는 남편이 근무하는 〈뉴스위크〉 본사가 있는 뉴욕으로도 갔다. 그러면서 아이들은 자연스럽게 외국 문화에 익숙해졌고, 영어에 대한 두려움도 점차 사라졌다. 그래서인지 큰애는 외국 생활을 해본 적 없는 순수 토종이지만 독학으로 수준급 영어를 구사한다. 그런 큰애를 보고 주변 사람들은 곧잘 해외에서 살다 온 것 아니냐고 묻기도 한다. 둘째와 셋째는 아직 보통 수준의 영어 실력에 지나지 않지만, 조만간 큰언니처럼 될 거라고 믿는다.

큰애에게 정말 큰 영향을 미친 해외여행이 있었다. 큰애가 초등학교 4학년일 때, 나는 둘째를 임신한 터라 그해 여름에는 여행을 하기가 어려웠다. 그러자 남편이 아이디어를 냈다. 여름방학 동안 큰애와 단둘이 유럽 배낭여행을 하겠다는 것이다. 남편과 큰애 모두 배낭여행에는 어울리지 않는 나이였다. 40대인 남편은 너무 나이가 많고, 열한 살인 큰애는 너무 어렸기 때문이다. 주위에서는 쉽지 않을 거라며 만류하기도 했다.

그러나 두 사람은 결국 2주에 걸쳐 배낭을 짊어지고 유레일 기차표를 끊어 유럽 전역을 여행하고 다녔다. 프랑스, 스위스, 독일 등을 돌고 버스를 탄 채 배에 올라 도버 해협을 건너 영국까지 다녀왔다. 큰애에게는 실로 엄청난 영향을 미친 여행이었다. 난생처음 엄마와 떨어져 아빠하고만 지내는 시간 동안 부녀간의 정을 나누고 나름대로 성숙해지는 계기가 되었다. 그래서인지 큰애는 지금도 아빠와 무척 다정하게 지낸다. 때로는 나와 하지 않는 얘기를 아빠한테만 해서 은근히 샘이 나기도 한다.

지금도 큰애는 가끔 그때의 여행 경험을 신나게 얘기하곤 한다. 가장 자주 하는 얘기는 파리의 지하철에서 자기 덕분에 아빠가 소매치기를 당하지 않았다는 것이다. 책 읽기를 좋아한 큰애는 두툼한 배낭여행 안내서를 거의 외우다시피 했는데, 거기에 수록된 '파리에서 소매치기 피하는 법'까지 숙지하고 있었다. 소매치기 한 명이 일부러 바닥에 동전을 떨어뜨린 다음 이를 집는 척하며 관광객의 신발을 건드린다. 관광객이 허리를 숙여 이를 제지하면 그 틈에 다른 일당이 뒷주머니의 지갑을 빼내는 식이다. 놀랍게도 남편은 이와 똑같은 일을 당했다. 남편은 그 순간 자신의 놀라운 운동신경으로 이를 제지해 지갑을 지켰다고 자랑한다. 하지만 내가 생각하기에 그건 큰애가 미리 주의를 주었기 때문에 가능했던 게 아닌가 싶다.

또 큰애는 몹시 더웠던 유럽의 도시를 지친 몸으로 걸어 다닐 때 아빠가 사주곤 한 아이스크림 맛이 너무나 달콤했다고 지금도 회상한다. 어린 나이에 아이스크림의 유혹이 없었다면 뙤약볕 속의 강행군을 도저히 하기 어려웠을 것이라면서. 또 비용을 절약하기 위해 아침은 호텔의 조식으로 때우고, 점심은 햄버거 그리고 저녁에는 중국 음식점에서 볶음밥을 먹은 얘기, 비행기에서 나눠준 고추장 얘기도 자주 한다. 짧은 여행이었지만 아이에게는 소중한 경험으로, 제 나름대로 인내심도 키우고 알뜰한 여행법도 배운 시간이었다.

그러나 더 중요한 것은 그 여행이 큰애의 진로에 결정적 역할을 했다는 것이다. 처음 보는 유럽의 화려한 문물과 유적에 감탄한 큰애는 결국 대학에서 서양사, 구체적으로 말하면 유럽 역사를 전공하게 되었다. 자기 얘기로는 그 당시 배낭여행을 하면서 본 유럽의 찬란한 문화가 뇌리 속에 남아 있어 그런 결정을 한 것 같다고 한다. 내가 이 글을 쓰는 지금 큰애는 파리의 대학에서 교환학생으로 프랑스 역사를 공부하고 있다.

얘기는 여기서 끝나지 않는다. 큰애의 배낭여행 얘기를 자주 들으면서 자란 둘째와 셋째가 아빠를 졸라 유럽 배낭여행을 다녀왔다. 이번에도 나는 합류할 수 없었다. 아리랑 국제방송 CEO로 근무할 때라 거의 3주 일정의 해외여행을 갈 수 없었기 때문이다. 외국 회사에서 근무할 때와 한국 정부를 위해 일할 때의 가장 큰 차이점은 짧아진 휴가였다. 거의 한 달에 가깝던 휴가가 고작 며칠로 줄어든 것이다.

어쨌든 둘째와 셋째는 아빠와 함께 배낭을 메고 유럽 전역을 누볐다. 무려 7개국을 다녔다고 한다. 아빠는 50대 중반이라 배낭여행을 다니기에는 너무 많은 나이였지만, 애들과 함께 하는 여행인지라 무사히 재미있게 다녀왔다. 애들은 지금도 난생처음 본 유럽의 곳곳에 대해 얘기하고 그때의 일화를 조잘거린다. 어쩌면 큰애처럼 그 경험이 아이들의 미래에 지대한 영향을 미칠지 모른다는 생각이 든다.

자녀 교육과 관련해 내가 가장 추천하고 싶은 것 중 하나가 여행이다. 국내도 좋고 해외도 좋다. 새로운 것을 보고 배우고, 새로운 사람을 만나는 것처럼 귀중한 경험은 없다. 책 속에서 배울 수 없는 그 무엇이 우리를 살찌우고 기름지게 한다. 특히 오늘날 같은 글로벌 시대에 세계 무대를 누비고 다니려면 남의 문화를 보고 남의 관습을 체험하는 것이 무엇보다 중요하다. 나이 들어 머리가 굳어지고 고정관념이 자리 잡기 전에 넓은 세상을 보면 그만큼 생각의 지평이 커지고 인생의 선택 폭 역시 넓어진다. 그런 의미에서 우리 아이들에게 비싼 영어 유치원이나 과외를 시켜주지는 못했어도 최소한 넓은 세상을 볼 기회를 준 것을 엄마로서 퍽 다행스럽게 생각한다.

밤에 찍은 한반도의 위성사진을 보면 우리가 사는 이 땅이 얼마나 작고 외진지 알 수 있다. 그야말로 깜깜한 바다에서 반짝이는 아주 작은 섬으로 보인다. 이렇게 작은 섬에 사는 우리가 해외시장으로 눈을 돌리지 않았다면 한국은 벌써 망했을지도 모른다. 그런데 요즘 청년들을 보면 글로벌 도전 정신이 퇴색하고 있다는 생각이 든다. 해외여행뿐 아니라 해외 유학, 해외 연수의 횟수가 줄고 있다는 통계를 보면 살짝 걱정이 되기도 한다. 물론 여태껏 지나쳤던 해외 연수나 조기 유학 열풍이 가라앉는 측면도 있지만, 혹시 한국 안에서 사는 것이 편하니까 주저앉고 싶은 마음이 있는 건 아닐까 걱정도 된다.

한국에서 기업을 운영하는 프랑스인 친구는 한국 젊은이들에게 세계로 나가라고 적극적으로 권하는데, 나도 그의 말을 들으면 항상 고개를 끄덕인다. 그는 단일민족이며 유난히 튀는 것을 좋아하지 않는 한국인들끼리 있다 보면 알게 모르게 서로 비슷해지고 개성을 잃어버린다고 했다. 그런 몰개성에서 벗어나려면 한국을 떠나 세계로 나아가야 한다고 말한다. 나도 CNN과 G20 서울 정상회의 준비위원회에서 많은 대학생 인턴이나 봉사자와 일하면서 국내에서 자란 청년들과 외국 생활을 한 청년들의 차이를 느끼곤 했다. 능력의 차이가 아니라 해외에서 자란 청년들은 정말로 개성이 대단했다. 그리고 미국처럼 교포가 많은 나라보다 파푸아 뉴기니나 러시아처럼 교포가 적은 나라에서 생활한 청년들은 행동, 말투, 옷차림조차 새로운 도전, 새로운 취향을 찾아 나서는 정신이 배어있다.

앞으로 우리 젊은이들이 살아나갈 시대를 생각하면 개성, 창의, 도전 정신이 더 큰 빛을 발하리라는 것은 낭연한 일이다. 빛의 속도로 변하는 세상에서 살아남으려면 남과 같기보다 어떻게든 튀어야 하지 않을까? 그러기 위해서 과연 이 작은 반도에서만 머무는 것이 맞는 답일까? 생각해봤으면 한다.

삼신할머니의
주례

지금 생각하면 내가 아리랑 국제방송의 CEO가 되었을 당시, 나는 49세로 아리랑 국제방송의 역사상 최연소, 그리고 최초의 여자 CEO였다. 게다가 외신 경력이야 단단했지만 행정 경험도 거의 없었다. 이런 사람이 220명의 직원과 300여 명의 비정규직원을 관리하고, 180개국으로 송출하는 기관 방송의 CEO로 왔으니 회사 입장에서 황당했을 것 같다. 나중에 들으니 이전 CEO들과는 다를 것이라는 추측 아래 주위의 양식당 목록도 뽑고, 나의 사무실 인테리어를 바꾸는 예산까지 잡아놨다고 했다. 물론 나는 얼큰한 한식을 좋아하고 인테리어를 바꾸는 일은 질색이니 괜한 걱정을 한 것이었다. 그런데 내가 첫 여성 CEO이다 보니 지금까지는 없던 의외의 일들이 생기기도 했다. 부임한 지 몇 달이 지나 한 직원이 나에게 "저희들이 삼신할머니라고 부르는 것 아세요?"라고 넌지시 말해 주었다. 왜 그렇게 부르는지 물었더니, 임신이 어려워 걱정하던 직원이 많았는데, 내가 온 이후 하나, 둘 임신을 했다는 것이었다. 말을 듣고 보니 정말 주변에 임신한 직원이 눈에 많이 보이기도 했고, 아이가 잘 안 생기던 남자 직원도 아내가 임신을 했다는 소식이 들렸다. 덕분에 새 CEO가 삼신할머니라는 소문이 생긴 것이었다. 그 말을 들은 나는 기분이 참 좋았다. 세 아이를 키우는 엄마로서 동지를 만나는 기분도 들고, 우리나라 출산율이 세계 최저 수준인 상황에서 애국하는 마음이 들기도 했다. 물론 부임한 지 일 년 뒤부터는 부쩍 출산휴가를 가는 직원이 많아 애를 먹기도 했다. 출산 휴가의 빈자리를 동료 직원들이 메우느라 회사 일에 지장이 생기기도 했다. 삼신할머니의 고충이라면 고충이었다.

임기가 끝날 때 나는 또 한 번 뜻밖의 일을 맞이했다. 회사에 사내 커플이 있었는데 여직원이 다른 직장으로 옮기면서도 잘 만나던 두 사람이 결혼을 하게 된 것이다. 그리고 나에게 주례를 부탁한다며 찾아왔다. 말도 안 된다며 거절했지만 계속 부탁을 하는 통에 곤란함이 이만저만이 아니있다. 생전 처음 받은 주례 부탁이기도 하고 이제 오십이 넘은 여자가 무슨 주례를 맡나 하는 생각 때문이었다. 남편에게 얘기했더니 "여자가 주례를 하는 건 한 번도 본 적 없는데?" 했다. 그러고 보니 나도 한 번도 본 적이 없었다. 결국 직원의 간절한 부탁을 거절하지 못한 나는 주례를 맡기로 했다.

그때부터는 '무슨 말을 해야 하나'하는 고민이 생겼다. 여태까지 내가 가본 결혼식에서는 보통 나이 지긋한 어르신이 인생과 부부의 삶에 대한 강의를 했다. 주위 사람들에게 물었더니 주례사는 아무도 안 들으니 무조건 짧게 하는 것이 좋다고 조언을 했다. 그래도 소중한 자리인데 두 사람을 위해 해줄 수 있는 일이 없을까 고민하다가 한 가지 아이디어가 떠올랐다.

하객들은 두 사람이 어떻게 결혼까지 오게 되었는지, 그리고 미래 계획은 어떤지 알 방법이 없다. 그리고 신랑신부조차도 서로의 어떤 점 덕분에 사랑하게 되었는지 모를 수도 있겠다는 생각이 들었다. 내가 누군가? CNN 기자 출신이자 스토리텔링의 주창자가 아닌가? 나는 바로 취재작업에 들어갔다. 동료들을 불러 두 사람의 비밀 연애 과정을 캐묻고, 당사자 두 사람을 불러 상대방에 대한 감정을 꼬치꼬치 물었다. 사장이 호출하여 이러한 이야기를 물으니 얼마나 황당했을까? 그리고 결혼식 당일 나는 두 사람이 왜 서로를 좋아하게 되었는지, 부부가 되어서 어떻게 살 계획인지 등 결혼 과정의 전부를 공개했다. 아리랑 국제방송 식구들이 많았던 결혼식장은 웃음바다가 되기도 하고 감동의 바다가 되기도 했다. 그리고 이 부부 역시 삼신할머니의 주례로 결혼 했으니 금방 예쁜 딸의 낳아 행복한 부모가 되었다. 그리고 단 한 번으로 끝날 줄 알았던 나의 주례 경험은 벌써 세 번으로 늘었다. 두 번째는 CNN에서 함께 일했던 후배 프로듀서로, 지금은 국제기구에서 승승장구하고 있는 재원이다. 그 부부 역시 최근에 임신했다는 반가운 소식을 들이시 디옥 기어에 남는다. 세 번째 주례도 CNN에서 함께 일했던 카메라 기자로 지금은 다른 방송에서 맹활약하고 있다. 이 부부도 곧 아이가 생길 거라는 확신이 든다. 그리고 또 머지않아 아리랑 국제방송에서 같이 일했던 여기자의 주례를 서게 될 것 같다.

여성이 주례를 맡는 것은 아직 흔한 일이 아니다. 그래서 부탁을 받을 때마다 망설여진다. 하지만 주례를 부탁해오는 사람들이 나의 경력이나 직위가 아니라 부부의 만남에 내가 의미 있는 역할을 했기에 여자인 것은 상관하지 않는다고 부탁하는 말을 들으면 마음이 흔들린다. 끝없이 고맙고 또 부끄럽기도 하다. 내가 이런 영광스러운 부탁을 받을 자격이 있을까 하는 생각이 자주 든다. 그렇기에 나는 그들의 소중한 날, 인생에서 가장 기뻐야 하는 날을 더 뜻 깊게 만들어주어야 한다는 책임을 느낀다. 그러니 앞으로 또 주례 부탁을 받는다면 나는 계속 열심히 부부를 취재하는 주례가 되리라 다짐한다.

Part. 3

뉴스는
나의 힘

허락받지
못한
비 밀 취 재

2005년 가을, 노동당 창설 60주년에 맞춰 평양에서 열린 '아리랑 축전'을 취재하러 남편과 함께 북한을 방문했다. 지금은 상상하기 어려운 일이지만, 당시는 한창 남북 간 화해 분위기가 무르익어 가능했다. 2000년 김대중 대통령과 김정일 국방위원장의 남북 첫 정상회담에서 비롯한 화해 무드가 계속 고조되어 노무현 대통령 집권 후에는 남북 간 왕래까지 자유로운 상황이었다. 평양 관광도 가능했다. 그러나 나는 기자 신분으로 평양에 간 것은 아니었다. 북한이 기자의 출입은 상당히 통제했기 때문에 다른 사람들과 함께 관광객 신분으로 방문했다. 역시 관광객으로 위장한 남편과 함께 갔기에 의심받지는 않을 거라고 판단했다.

인천국제공항에서 평양 순안공항으로 직접 비행하는 경로로, 불과 40분이면 도착하는 거리였다. 정말 믿기지 않았다. 60년 동안 남의 세계로 여기고 도저히 가볼 수 없는 곳으로만 알았던 평양이 불과 40분밖에 안 걸리다니. 여권도 필요 없었으며, 주민등록증으로 출입국이 가능했다. 순안공항에 도착하자 비행기 안으로 북한 출입국관리소 직원인 듯한 사람들이 올라와 입국 절차를 마쳤다. 미리 보내준 사진과 대조해 맞는지 일일이 확인한 다음 비행기에서 내리게 했다. 평양 땅을 밟는 순간, 정말 흥분되고 가슴이 뛰었다.

순안공항은 그런대로 큰, 우리의 지방 공항 수준이었는데 활주로에는 고작 두세 대 정도의 비행기만 보일 뿐이었다. 더욱 놀라운 것은 터미널 내 전광판에 있는 항공 스케줄이었다. 베이징이나 모스크바에서 오는 항공편이 며칠 간격으로 있었다. 일주일 동안 출발·도착 스케줄이 채 열 건도 되지 않았다. 인천국제공항은 하루에도 셀 수 없이 많은 스케줄이 있는 것을 생각하면 너무도 딴판이었다. 문자 그대로 외부와 철저히 단절된, 지구 상에 얼마 남지 않은 폐쇄 국가임을 알 수 있었다.

세관 통과 과정에서 내가 가져간 비디오카메라를 유심히 지켜보는 세관원의 눈초리가 심상치 않았다. 다른 관광객도 비디오카메라나 일반 카메라를 가지고 있었지만, 내 것은 방송이 가능한 고화질

제품으로 관광객이 쉽게 소지할 수 없는 것이었다. 방문 목적을 약간 의심하는 눈초리였지만, 남편과 함께 평범한 관광객처럼 입국했기 때문에 무사히 넘길 수 있었다. 우리 일행은 버스를 타고 평양 시내로 향했다. 길은 비교적 넓고 시원하게 뚫려 있으며 제법 육중한 건물들도 눈에 띄었다. 하지만 모두가 오래되고 낡은 모습이었으며, 최근에 건축한 현대식 건물은 찾아보기 힘들었다.

시내에서 주요 일정은 김일성 동상이 있는 만수대 광장, 만경대의 김일성 생가 등 주요 명소를 둘러보는 것이었다. 우리의 숨바꼭질은 이때부터 시작되었다. 나와 남편은 가능한 한 많은 일반 평양 주민과 만나 취재를 시도했다. 만수대 김일성 동상에 헌화하고 절하는 주민들을 붙잡고 이런저런 질문을 던졌다. 김일성에 대해 어떻게 생각하느냐, 남한 사람에 대해서는 어떤 감정을 갖고 있느냐는 등의 질문이었다. 그들은 자신들이 최고로 신성시하는 위대한 지도자 동상 앞에서 무례한 질문을 해대는 우리를 경멸하듯 바라보았다. 동행한 북한 요원들이 가만 놔둘 리 없었다. 계속 우리를 제지했는데, 우리는 눈치를 봐가며 틈날 때마다 한마디라도 더 듣기 위해 이리저리 자리를 옮겨 다녔다.

잡지 기사를 쓰는 남편은 메모만 하면 그만이지만, 방송기자인 나는 틈나는 대로 사진도 찍고 비디오 촬영도 해야 하기에 진땀 나는 순간이 많았다. 나도 남편처럼 편하게 글 쓰는 기자였으면 좋겠다는 생각이 불현듯 들었다. 어쨌거나 우리는 부부 관광객이 기념사진을 찍듯 북한 요원들의 눈을 피해가며 평양 주민들의 표정이나 주위 풍경 등을 카메라에 담았다. 주위에 요원이 없는 틈을 타 짧은 스탠드업(보도를 하기 위해 마이크를 들고 카메라 앞에 서는 것)을 통해 '손지애', 'CNN', '평양'이라는 클로징 멘트까지 할 수 있었다. 북한 요원들의 거듭된 제지와 방해에도 불구하고 그렇게 취재를 이어갔다. 그들이 험악한 표정을 지으며 협박조로 으름장을 놓을 때까지 신분을 노출하지 않고 소기의 목적을 달성했지만, 등에서는 식은땀이 줄줄 흘렀다.

저녁 무렵, 아리랑 축전이 벌어지는 '능라도 5월 1일 경기장'을 찾았다. 경기장은 엄청난 규모였고, 운동장과 스탠드에서 벌어지는 집단 카드섹션과 매스게임은 상상을 초월할 정도로 방대하고 일사불란했다. 수천 명의 공연단이 한 치의 오차도 없이 한목소리, 한동작으로 공연하는 것을 보면서 한편으로는 경이롭고 한편으로는 측은한 생각이 들었다. 저 정도로 일사불란한 공연을 보여주기 위해 얼마나 피나는 훈련을 했을까 싶었다. 나중에 공연장을 나오면서 둘러보니 대부분이 중학생 정도의 어린 나이였다. 아마도 폭염이 기승을 부리는 더운 여름을 거치며 수개월 동안 계속한 고난의 행군이었으리라.

그날 밤 우리가 묵은 숙소는 4성급의 보통강 호텔이었다. 강가에 위치한 꽤 규모가 큰 호텔이며 방도 그런대로 넓었다. 그러나 역시 시설은 노후했고, 아주 기본 비품만 갖춰져 있었다. 그래도 우리는 크게 개의치 않았다. 아무나 들어올 수 없는, 외부 세상과 격리된 북한의 수도 평양 한복판에서 부부가 함께 숙박하는 것은 아무나 누릴 수 있는 행운이 아니었기 때문이다. 어쨌거나 낮 동안 긴장되고 고생스러운 취재를 했던 우리에게는 편안한 안식처였다. 가깝지만 먼 평양으로 때늦은 신혼여행을 온 듯한 기분이었다. 보수도 많지 않은 항상 고달픈 직업이지만 기자도 그런대로 괜찮다고 느낀 밤이었다.

전 세계를
향한
한국의
커밍아웃

2002년 한일 월드컵 개최가 결정되었을 때 수많은 외신 기자가 한국과 일본을 찾았다. 단일 종목으로 벌어지는 지상 최대 최고의 스포츠 경기이니 당연한 일이었다. 경기를 취재하기 위해 외국 기자 중 절반은 일본으로, 절반은 한국으로 향했다.

당시 한국과 일본은 월드컵을 개최하기 위해 서로 막판까지 치열한 경쟁을 벌였다. 일본이 먼저 유치전을 벌였지만 뒤늦게 뛰어든 한국도 나름대로 강점이 있었다. 월드컵 대회 본선 진출 경험이 일본보다 월등히 많았던 것이다. FIFA는 막판까지 어느 나라를 선택할지 고심하다가 결국은 공동 개최로 결론을 내렸다. 사이가 좋지 않은 두 이웃 나라가 서로 협력하고 화해할 수 있는 기회를 주자는 것도 한 가지 명분으로 작용했다.

　그러나 그 이후에도 한일 간의 경쟁은 치열할 수밖에 없었다. 먼저 대회 명칭을 놓고 양국은 첨예하게 맞섰다. 결국 '한일 월드컵', 곧 한국 이름을 먼저 쓰는 것으로 결론이 났지만 말이다. 그 대신 경기 결승전은 일본에서 치르기로 했다.

　당시 이 경기를 취재하기 위해 전 세계 기자들은 대부분 일본으로 가기를 원했다. 결승전을 치를 뿐 아니라 한국에 비해 일본이 훨씬 더 발달하고, 세련되고, 매력적인 나라라는 이미지 때문이었다. CNN도 한국과 일본으로 스포츠 기자들을 보냈는데, 한국으로 온 기자들은 대놓고 실망스러움을 드러냈다. 그도 그럴 것이 당시만 해도 한국은 여전히 학생 데모와 노사 분규가 끊이지 않는 개도국으로 알려져 있었기 때문이다. 게다가 남북 대치로 긴장 상황이 지속되는 나라였다.

　그러나 막상 뚜껑을 열어보니 상황이 뒤바뀌었다. 한국에 온 기자들은 쾌재를 불렀고, 일본으로 간 기자들은 실망의 연속이었다. 일본의 월드컵 열기는 미적지근했지만, 한국은 온통 흥분의 도가니였다. 붉은 악마들의 길거리 응원은 기자들에게 최고의 스토리였다. 특히 방송과 카메라 기자들은 신명이 날 지경이었다. 온통 붉은색으로 물든 시청 앞 응원은 방송이 원하는 모든 것을 제공했다. 생동감 넘치는 컬러 그리고 '대~한민국' 하는 요란하고 리듬감 넘치는 구호. 모든 게 그야말로 환상적인 방송 소재였다. 게다가 예상외로 4강까지 진출하자 한국은 그야말로 환희와 흥분으로 들끓었고, 방송기자들은 이를 고스란히 카메라에 담을 수 있었다.

한국으로 파견된 것을 실망스러워하던 CNN 스포츠 기자는 매일같이 시청 앞 광장을 취재하며 한국인의 열정, 친절 그리고 시민의식에 감탄했다. 어느 날 그 기자가 매우 흥분한 얼굴로 지국으로 돌아왔다. 시청 앞 광장에서 한국 대 이탈리아 경기 응원을 취재했는데, 한국이 골을 넣는 순간 주위의 붉은 악마들이 자기를 얼싸안고 춤을 추는 바람에 원하던 장면보다 훨씬 멋진 클로징 멘트를 할 수 있었다고 했다. 월드컵 이후 그는 한국 광팬이 되었다. 애틀랜타 본사에 갈 때면 나는 항상 그 기자가 좋아하던 한국 초콜릿을 한 상자 선물해주곤 했다.

당시 나도 시청 앞과 광화문을 오가며 무언가를 강렬하게 깨닫는 순간이 있었다. 그때 CNN 서울 지국은 광화문 교보빌딩에 있었는데, 한국이 8강전에서 스페인을 꺾은 날 나는 광화문 한복판에서 인파에 둘러싸여 생중계를 하고 있었다. 남녀노소를 불문하고 모두 'Be the Reds'라는 글자가 박힌 붉은색 티셔츠를 입었다. 나 역시 똑같은 티셔츠를 입고 생중계를 했다. 세상이 온통 붉은색이었다. 나는 이것이 주체할 수 없이 끓어오르는 한국인의 혈기와 패기를 상징한다고 클로징 멘트를 했다.

그때 나는 실감했다. 이제 한국은 더 이상 지루하고, 따분한 변방 국가가 아니라는 사실을. 이제 더 이상 은둔하는 '고요한 아침의 나라'라는 말만으로 설명할 수 없다는 사실을. '다이내믹 코리아', 이 말이 새로 태동하는 힘 있고 열정 넘치는 젊음의 나라 한국을 잘 표현하는 슬로건이라고 느꼈다. 사실 한국이 세계로 나아간 첫 계기는 1988년 서울올림픽이라고 볼 수도 있지만, 그때는 모든 게 부족하고 서툴렀다. 국민 또한 자발적으로 내면에서 폭발하는 역동성과 열정이 아니라, 정부에서 주도하는 대로 따라간 측면이 있다. 당시만 해도 민주주의는 시작 단계였고, 우리의 의식 또한 권위주의에 찌들어 있을 때였다.

그러나 2002년 한일 월드컵은 벽장 속에서 숨어 지내던 한국이 진정 세계로 나아간 커밍아웃의 계기였다. 그때까지 15년 넘는 기자 생활, 거의 10년 동안 CNN 특파원을 하며 한국을 취재해온 나로서는 무언가 큰 변화가 시작되고 있음을 감지할 수 있었다. 그랬다. 한국은 더 이상 데모와 부패 그리고 북한의 위협만으로 상징되는 나라가 아니었다. 젊음의 역동성과 패기가 있고, 첨단 기술이 있고, K-pop과 문화가 있고, 예술과 스포츠가 있고, 무엇보다 창의성을 발현할 수 있는 기회의 나라라는 생각이 들었다. 아울러 더 이상 패배주의에 찌든 나라가 아니라, 희망과 용기를 전 세계에 나누어줄 수 있는 국가가 될 수 있으리라는 믿음이 생겼다.

나의 이런 생각은 옳았다. 2002년을 기점으로 한국을 보는 세계의 눈이 크게 달라진 것이다. 국제 언론에서 한국에 관한 기사도 바뀌기 시작했다. 그간 내가 외신 기자로서 다뤄오던 남북 분단, 정치불안, 사회 문제 등의 기사도 여전히 주목했지만 한국의 IT 기술, K-pop, TV 드라마, 게임 산업, 스포츠 스타, 386 세대의 부상 등 전에 없던 기사에 대해서도 새롭게 주목하기 시작했다. 이런 참신하고 긍정적인 기사를 다루면서 나 자신도 점차 한국인으로서 자부심뿐아니라 일에 대해 새로운 재미도 느낄 수 있었다.

이제 CNN 본사에서도 최신 IT 기술 관련 기사는 서울에서 찾는다. 삼성전자의 스마트 홈에 대한 기사, 모바일 앱 개발자들, 심지어프로 모바일 게이머에 대한 기사까지 대인기였다. 그리고 한국 영화, 특히 북한 소재의 영화나 한국 드라마 등 문화 기사에 관심을 보이기 시작했다. 〈겨울연가〉가 선풍적인 인기를 누릴 때는 〈겨울연가〉 촬영지에서 일본 팬들을 만나기도 했고, K-pop 가수들의 해외 인기를 다루기도 했다. 개인적으로는 이러한 대중문화의 기사들이 관심을 받는 틈을 타 판소리 명창 안숙선 선생님 기사를 CNN에 내보낸 것이 가장 자랑스러웠다. 이렇게 한국은 이제 North Korea의 남쪽에 있는 South Korea에서 'Korea' 그 자체가 되었고, 앞서가는 나라로 자리를 잡아가고 있다. 그리고 그 과정에 내가 미력하나마힘을 보탰다는 생각을 하며 자부심을 느낀다.

직장 생활에서
기억해야 할
한 가지

사람들은 초심이 중요하다고 말한다. 돌이켜보면 나도 뭐든 처음 시작할 때의 마음이 제일 설레고, 또 기대에 찬 마음 때문에 더 많은 것을 배운 것 같다. 내 첫 직장이 그랬다. 많은 사람이 나의 CNN 경력을 보고 처음부터 큰 언론사에서 일했을 거라고 생각한다. 내 이력서에는 한 줄의 경력으로만 기록되어 있지만, 내가 언론인으로서 진정한 출발을 한 곳은 작은 영문 경제 월간지 〈비즈니스 코리아 Business Korea〉였다. 그곳에서의 시작이 오늘의 나를 만들었다.

1984년, 대학교 영자 신문사의 편집장으로 있을 때 지도교수님이 한 영문 잡지사에서 철자 교정 아르바이트 학생을 구한다며 나를 추천했다. 당시 4학년이던 나는 이렇게 해서 마포의 한 작은 사무실에서 약 30명의 직원이 일하는 〈비즈니스 코리아〉에 첫발을 디뎠다. 수업을 마치면 회사로 직행해 그날 기자들이 쓴 기사 단어의 철자를 사전을 보며 하나하나 확인하는 일을 했다. 어두컴컴한 창고 같은 방에서 열심히 일하는 나를 기특하게 여긴 사장님과 편집장님 덕분에 졸업하기 전 수습기자로 일할 기회를 얻었다.

작은 회사이지만 영어로 기사를 쓸 수 있어 나는 마다하지 않았다. 오히려 전문적인 나만의 커리어를 시작할 수 있는 좋은 기회라고 생각했다. 대학 내내 영어로 기사를 써온 나는 대기업이나 큰 언론사보다 내가 좋아하는 일을 계속할 수 있는 영문 잡지사가 무척 마음에 들었다. 물론 그때는 이 선택으로 내가 〈뉴욕 타임스〉나 CNN 등 세계적인 언론사에서 일하게 되리라고는 상상도 못 했지만 말이다.

아르바이트생으로 출발해 수습기자, 기자, 편집차장, 편집부장까지 7년간 승진하다가 퇴직한 그곳에서 나는 정말 많은 것을 얻었다. 남편 될 사람을 만나 결혼하고 첫아이를 낳았다. 그리고 직장 생활의 쓴맛과 단맛을 보았으며, 동료들과 우정을 나누었고, 한국 사회의 위계질서도 배웠다. 동료에게 돈을 빌려줬다가 떼먹히기도 하고, 글을 못 써서 구박도 받아보고, 기사 늦게 제출했다고 혼도 많이 났다. 그러나 무엇보다 중요한 것은 내가 이 작은 회사에서 미래의 국제 언론인에게 필요한 많은 걸 익혔다는 사실이다. 취재하는 법, 인터뷰하는 법, 기사 쓰는 법은 물론, 어떤 뉴스를 선택해야 하는지 등 국제 언론인이 갖춰야 할 기본을 현장에서 습득했다.

또 하나, 커리어에서 가장 중요한 게 무엇인지 깨달았다. 그것은 바로 나를 보는 남의 시선보다 나에 대한 스스로의 평가가 무엇보다 중요하다는 것이었다. 이와 관련해 한 가지 기억나는 일이 있다. 우리 회사는 여느 중소기업처럼 인사이동이 잦았다. 한두 달에 한 번씩 꼭 퇴직하거나 입사하는 직원이 생겼고, 또 그에 따라 승진이나 업무 조정도 있었다. 그때마다 책상을 재배치했는데, 때로는 사장님이 직접 나서서 위치를 잡아주었다.

내 자리 역시 어떤 때는 햇볕 잘 드는 창가가 되기도 하고, 또 어떤 때는 외풍 심한 문간이 되기도 했다. 그럴 때마다 기자들의 컨디션은 들쭉날쭉했다. 좋은 자리로 바뀐 어떤 사람은 회사에서 자기를 인정해주는 것 같다며 좋아했고, 외진 곳으로 옮긴 사람은 곧 잘릴지 모른다며 한숨을 쉬기도 했다. 나도 예외는 아니었다. 책상이 어디로 배치되느냐에 따라 회사에 대한 감정이 오락가락했다.

그러나 차츰 시간이 지나면서 깨달았다. 기껏 책상 하나 때문에 우울해하거나 즐거워하는 것이 얼마나 바보 같은 모습인지를. 실제로 책상 배치는 능력이나 회사에 대한 공헌도로 결정되지 않았다. 그보다는 좁은 공간에 많은 책상을 배치하려는 사장님의 감각에 따라 이루어졌다.

회사 생활을 하다 보면 별것 아닌 일에 시쳇말로 목숨 거는 경우가 많다. 칭찬이나 비난을 조금이라도 받으면 그걸 자신에 대한 절대적 평가로 여기고 좌절하거나 기뻐하는 것이다.

물론 남한테 인정받는다는 것은 좋은 일이다. 누구도 남에게 싫은 소리를 듣고 싶지는 않을 테니 말이다. 그러나 더 중요한 것은 자신과의 싸움이고, 자기 스스로 자신을 인정하는 것이다. 직장에서 인정받고 승진하는 것도 중요하지만 자신이 거기서 무엇을 배웠고, 자기 자신을 얼마나 업그레이드했느냐가 더욱 중요하다. 더 나아가 어떤 직장인가보다 자신이 원하는 일을 신명 나게 하느냐가 더욱 중요하다. 요컨대 지금 직장에서의 자기 위치보다 그 직업의 미래를 전망해볼 필요가 있다는 얘기다.

내 첫 직장은 비록 작은 언론사였지만, 그곳에는 능력 있고 비전 있는 사장님이 있었다. 미국, 캐나다 등 현지에서 언론 활동을 경험한 에디터도 많았다. 그들에게서 배우는 한편, 남의 시선에 개의치 않고 나 자신을 계발하기 위해 노력했다. 가끔 나날이 발전하는 스스로를 돌아보면서 한없이 만족스러워하기도 했다. 남들은 돈 주고 배우는 일을 월급받고 습득하니 얼마나 즐거운지 몰랐다. 나는 그곳에서 기초를 충분히 닦은 덕분에 훗날 좀 더 큰 회사에서 더욱 중요한 역할을 맡을 수 있었다.

미국 언론계에서는 나처럼 작은 곳에서 시작해 점차 메인 무대로 옮겨가는 경우를 많이 볼 수 있다. 미국의 언론 지망생은 대부분 대학 졸업 후 지방의 작은 신문사에 말단 기자로 취직한다. 그리고 점차 큰 도시로 옮겨가며 실력을 쌓고 명성을 얻은 후 〈뉴욕 타임스〉나 〈워싱턴 포스트〉 등 영향력 있는 전국지로 진출한다. 또 대학 졸업 후 AP나 로이터 통신의 지방 소도시 지국에서 기자로 일하며 주말 근무나 철야 근무도 마다하지 않는 경우가 많다. 졸업하자마자 처음부터 규모 큰 전국지나 전국 규모 방송국에 취직하는 우리 실정과는 많이 다르다. 물론 나는 미국에서처럼 작은 회사부터 시작해 세계적 언론사로 옮겨간 경우다. 비록 하루가 멀다 하고 책상을 옮긴 중소 언론사에서 시작했지만, 한 우물을 파기로 마음먹고 한눈팔지 않은 결과다.

그런 면에서 요즘 젊은이들을 보면 다소 안타까운 마음이 든다. 많은 청년이 졸업하자마자 내로라하는 대기업에서 일하고 싶어 한다. 자신의 전공이나 취향, 비전 따위는 상관하지 않는다. 장래가 유망한 중소기업을 회피하기도 한다. 그러나 내 경험에 비추어볼 때 커리어라는 것은 차곡차곡 쌓아가는 레고 같은 것이지, 한꺼번에 높이 쌓을 수 있는 게 결코 아니다. 작은 곳부터 시작해 점차 큰 곳으로 옮겨가는 방법이 때로는 더욱 승산이 높다. 중요한 것은 자기가 원하는 분야에서 차곡차곡 실력을 쌓아 전문가가 되는 것이다.

조만간 평균 수명 100세 시대가 온다고 한다. 이는 요즘 대학생들이 졸업 후 무려 70년 넘게 어떤 식으로든 사회 활동을 해야 한다는 뜻이다. 길고 긴 마라톤과 같다. 따라서 당장 어느 직장에서 시작할 것인가는 그다지 중요하지 않다. 긴 안목을 가지고 장기 비전을 세워 차근차근 자신의 커리어를 구축해나가길 바란다. 자신이 원하는 일을 찾아 시작하고 실력을 쌓아간다면, 당장은 아니더라도 40대나 50대쯤에는 분명 성취하는 게 있을 것이다. 조급함은 모든 걸 망칠 수 있음을 명심하자.

다양성을
존중하는
사회

한국 언론계 일각에서는 "특종은 못 해도 좋지만 낙종은 하면 안 된다"는 말이 있다. 다른 언론사를 제치고 가장 먼저 새로운 뉴스를 터뜨리는 것이 특종scoop인데 이보다 중요한 게 낙종, 즉 다른 언론사가 다 쓰는 뉴스를 나만 못 쓰는 경우를 피하는 것이다. 물론 외국 언론도 낙종은 피하려 하지만 특종을 잡는 데 더 집중한다.

그러나 일부 한국 언론에서는 낙종이 더 중요한 것 같다. '남보다 뒤처지면 안 된다'는 의식이 강하기 때문이다. 사실 한국에도 낙종 따위엔 신경 쓰지 않고 특종을 더 중시하는 언론사가 있긴 하다. 그러나 아직도 많은 언론사가 단지 낙종하지 않기 위해 피나는 노력을 한다. 남보다 잘하지는 못해도 중간은 하자는 얘기다.

그 결과는 어떨까? 한국 신문을 펼치면 내용이 너무나 비슷하다. 방송 뉴스를 봐도 비슷하게 시작해 비슷하게 끝난다. 물론 이념적으로 차이 나는 신문(예를 들어 조선일보와 한겨레신문)의 경우는 좀 다르다. 그러나 일반적으로 대부분의 언론사가 경쟁사와 비슷한 기사로 지면을 할애한다.

반면 외국의 신문 방송은 다르다. 가능한 한 차별화하려고 노력한다. 어떤 기사를 준비하다가도 경쟁사가 그걸 먼저 내보내면 방향을 바꾼다. CNN의 유일한 서울 특파원이던 나는 특종보다 다른 기사, 특히 한국 기사에 의존할 수밖에 없었다. 그러나 각종 통신사와 〈뉴욕 타임스〉 같은 세계 언론을 모니터하는 본사 데스크는 항상 CNN만의 시각, 나만의 시각을 주문했다. 이런 주문은 북한 문제를 다룰 때 가장 두드러졌다. 데스크는 분단국이라는 상황 속에 있는 한국인 특파원만의 기사를 요청했지만 내 입장에서는 이런 기대에 부응하기가 결코 쉽지 않았다. 북한의 핵무기 개발에 대한 남한 사람들의 무관심을 이해시키기 위해 대학생들의 대화를 기획해 북한 소식에 무관심한 이유와 당국의 발표를 믿지 않는 이유를 설명하기도 했다.

한번은 몸싸움으로까지 번진 한국 불교계의 종파 싸움이 기사화된 적이 있었다. 외국 통신사들을 통해 한국 승려들이 대낮에 발차기를 하는 등 몸싸움이 전 세계로 중계된 것이다. 본사에서도 '역동적'인 비디오를 놓칠세라 내게 기사를 주문해왔다. 데스크에 있던 친구는

"영화에서만 그러는 줄 알았는데 정말 너희 나라에서는 승려들에게 무술을 가르치나 보다"라고 농담을 던지기도 했다. 자존심도 상하고 부끄럽기도 했지만 기자로서는 무시할 수 없는 요청이었다. 나는 이 기사를 다른 방송사처럼 해외 토픽으로 끝낼 수 없었다. 그래서 불교계의 불화 원인을 분석하는 기사를 준비해여 세계 어디에도 없는 나만의 시각으로 기사를 완성한 기억이 난다.

한국 언론에서 나타나는 똑같은 기사 송출 현상은 아마도 '남들보다 앞서지도 뒤처지지도 말자'는 한국적 정서 때문인 것 같다. 결국 중간이 최고라는 얘기다. 이는 다시 말해 모두가 동등하게 제자리에 있자는 것이다. 잘났다고 나서는 사람에게는 질시와 견제가 따르며, 때로는 가혹하게 그 사람을 끌어내려 하향 평준화하려 한다. 그 결과 획일적인 문화가 생겨난다. 최근 미국의 〈뉴요커New Yorker〉라는 잡지에서 한국이 성형의 메카라는 기사를 읽었다. 기자는 한국인이 성형을 많이 하는 이유는 '남보다 예뻐지려고'가 아니라 '남들보다 미워 보이지 않기 위해서'라고 설명했다. 정확한 분석이었다

튀지 않는 헤어스타일에 튀지 않는 옷을 입어야 한다. 누군가가 터무니없이 비싼 고기능성 등산복을 입으면 나도 그걸 입어야 한다. 남의 애가 영어 유치원에 다니면 우리 애도 영어 유치원에 가야 한다. 취직을 위해 남이 스펙을 쌓으면 나도 똑같은 스펙을 쌓아야 한

다. 모두가 같은 유행을 따라야 하는 것이다.

한국의 획일성은 세계가 열광하는 K-pop 그룹에서도 나타난다. 그들은 하나같이 유사한 멜로디와 유사한 춤 그리고 유사한 볼거리를 갖추고 있다. 개인적으로 필자는 K-pop에 매우 긍정적이다. 그들이 한국의 대외 이미지나 브랜드에 미치는 긍정적 효과는 수십 년에 걸친 국가 홍보나 심지어 한국 기업의 성공보다 한층 강력한 측면이 있다.

그러나 여러 그룹이 나오는 콘서트를 보노라면 그들의 유사성을 인정하지 않을 수 없다. 최고 그룹과 신인 그룹은 세련됨과 안무의 차이만 있을 뿐 각 그룹만의 독특함은 갖추지 못했다는 생각이 든다. 물론 우리 집 10대 아이들은 내 의견을 강력히 부정하지만 말이다. 그러나 제삼자의 눈으로 보면, 요컨대 많은 외국인의 눈으로 보면 너무나 획일적인 건 분명하다. 이런 점 때문에 점차 K-pop의 위력이 쇠퇴한다는 우려도 나오고 있다. 물론 싸이같이 개성 있는 스타가 가끔 나오기는 하지만.

나는 체격이 큰 편이어서 미국에 여행을 가면 옷을 자주 산다. 내 사이즈에 맞는 옷이 더 많기 때문이다. 그때마다 제품의 다양성에 놀라곤 한다. 요즈음 유행하는 옷은 물론 수십 년 전의 옷도 골고루 갖추고 있다. 예를 들면 요새 사람들이 즐겨 찾는 스키니 청바지도 있지만, 내가 1980년대에 즐겨 입던 나팔바지도 있다. 이런 우스꽝스러운 나팔바지 입은 사람들을 미국 거리에서는 자주 볼 수 있는데, 어느 누구도 그들이 별나다고 손가락질하지 않는다. 우리에게도 다양성을 존중하는 이런 자세가 필요하지 않을까?

빠른 것만이
답은 아니다

기자가 되려면 어떻게 해야 하느냐고 묻는 사람이 있다. 그럴 때면 나는 주로 책을 많이 읽고, 사람을 많이 만나고, 글을 많이 써보라고 대답한다. 물론 언론의 세계도 많이 변해서 우리가 상상하는 기자는 이제 거의 존재하지 않는다. 이를테면 하루에 한 번 마감하는 신문사 기자나 저녁 뉴스 한 번을 위해 하루 종일, 또는 몇 날 며칠을 취재에 매달리는 방송기자는 더 이상 없다고 봐도 무방하다. 오늘날 사람들은 하루에 한 번 나오는 신문이나 저녁 시간에 맞춰 나오는 TV 뉴스보다 컴퓨터나 핸드폰으로 원하는 시간에 원하는 뉴스를 선택해서 본다.

그러나 이런 급속한 변화가 일어나면서 우리가 흔히 하는 가장 큰 착각은 이제 기자의 근본은 중요하지 않다는 생각이다. 하지만 빠르고 쉽고 짧게 전달하는 메시지일수록 그 어떤 메시지보다 잘 정리하고, 잘 써야 하며, 균형 또한 잘 잡아야 한다. 요컨대 근본에 충실해야 한다는 얘기다. 정보가 홍수처럼 쏟아지는 오늘날에는 과거보다 오히려 더 근본에 충실해야 한다고 생각한다. 안이하게 접근하는 순간, 언론이 해야 하는 중요한 사회적 역할은 사라지고 언론의 지위 또한 추락하고 말 것이다.

내가 〈뉴욕 타임스〉에서 CNN으로 옮기는 과정은 순탄치만은 않았다. 방송 경험이 전혀 없는 나와 촬영 경험이 전혀 없는 카메라 기자가 함께 CNN 서울 지국을 열고 꾸려나가야만 했기 때문이다. 촬영 경험뿐 아니라 영어도 못 하는 카메라 기자의 교육은 미국 애틀랜타의 편집국장이 맡고 내가 통역 역할을 했다.

당시의 촬영 철칙은 간단했다. 현장에 빨리 도착한 다음 곧바로 삼각대를 설치하고 카메라를 올리는 것이다. 카메라를 재빨리 고정해야 현장을 화면에 담을 수 있기 때문이다. "비디오의 가치는 고정된 카메라 렌즈 앞에서 일어나는 움직임이다"라고 편집국장은 가르쳤다. 내가 지금도 재미있게 생각하는 것은 비디오카메라 앞에서 포즈를 취하는 사람들이다. 움직임이 없는 비디오는 잘 찍은 스틸 사진만도 못하다. 요즘은 물론 카메라가 작아지면서 삼각대가 거의 무용지물이 되었지만, 당시만 해도 삼각대 없는 카메라는 상상도 못했다. 편집국장은 "카메라의 시각은 사람의 눈이 겪는 과정과 똑같아야 한다"고 가르쳤다. 예를 들어 사람이 화재 현장에 도착했다고 치자. 그러면 먼저 전체 배경을 보고, 이어서 불이 붙은 건물을 보고, 그다음에 구조해달라고 소리 지르는 사람을 본다는 식이다. 그러므로 카메라도 처음에는 와이드wide, 이어서 미디엄medium 그리고 클로즈 숏close shot을 잡아야 한다는 것이다.

물론 요즘의 TV 카메라 움직임을 보면 전혀 상상할 수 없는 일이다. 카메라가 현란하게 움직여 시청자가 어지럼을 느끼고, 카메라 앵글 순서가 바뀌어 뒤죽박죽되는 게 오히려 정상이다. 와이드에서 미디엄을 거쳐 클로즈 앵글로 가는 것은 이미 박물관에서나 볼 수 있는 방법으로 여긴다. 언론 기사를 쓰는 것도 마찬가지이다. 기사 주제를 충분히 숙지하고, 사전 조사를 철저히 해서 엄청난 양의 자료를 확보하고, 수많은 관계자와 당사자를 심층 인터뷰한 다음에야 기사를 쓸 수 있다고 여기던 시대는 이미 과거가 되어버렸다. 충분히 조사하고 인터뷰하기 전까지는 그 기사의 향방이 어디로 갈지 전혀 모르던 시절에는 기자가 함부로 자신의 주관을 기사에 개입시킬 수 없었다.

그러나 지금은 얘기가 다르다. 기자는 취재를 시작하기도 전에 벌써 결론부터 정해놓고 자신이 정한 방향으로 기사를 몰고 간다. 자료도 그쪽 방향의 것만 취하고 인터뷰를 해도 자신이 원하는 답을 얻기 위해 유도 질문을 한다. 말하자면 기사의 중립성이나 객관성이 심각하게 훼손되고 있는 것이다. 게다가 기자의 주관적 의견을 객관적 사실인 양 포장하는 경우도 많다. 몇백 자에 달하던 기사가 정상이던 시절은 가고, 이제는 한 줄이나 두 줄로 모든 것을 설명해야 하는 시대이다. 그러다 보니 짧고 선정적인 헤드라인이 기사의 성공 여부를 결정한다. 더 이상 깊이는 필요 없으며 충격적이고 센세이셔널한 포장만이 주목을 받는다.

이는 언론과 기사에만 국한된 현상이 아니다. 오늘날 우리가 살아가는 모든 방식 자체가 그러하다. 앞뒤 순서를 무시하고 절차를 생략한다. 우리는 언젠가부터 순서대로 하나하나 처리해나가는 것을 무시하는 삶을 살고 있다. 사진을 찍으면 바로 확인하고, 마음에 안 드는 장면은 바로 삭제한다. 식후에는 커피인지 디저트인지 구분이 안 가는 복잡한 맛이 나는 희한한 이름의 커피를 주문한다.

그러나 세상이 이렇게 빠르고 복잡해도 내가 믿고 실천했던, 느리고 고리타분한 것들이 언젠가는 다시 진가를 발휘할 것이라는 희망을 갖게 하는 현상이 있다.

노르웨이는 세계에서 민주주의가 가장 발달한 나라로, 여성의 사회 참여가 세계 최고 수준이며, 일인당 소득도 세계 10위 안에 든다. 특히 국민의 행복지수가 세계에서 가장 높다. 사회주의적 복지 제도와 자본주의적 시장 경제를 가장 환상적으로 조화시킨 행복하고 부유한 국가로 잘 알려져 있다.

이런 나라에서 2009년 한 TV 방송이 화제의 중심에 놓였다. 노르웨이의 NRK2 방송국에서 베르겐Bergen 철도 노선의 100주년 행사로 혁명적인 시도를 했다. 노르웨이의 도시 베르겐부터 수도인 오슬로까지 가는 기차에 카메라를 설치하고 7시간 반 동안 계속 촬영한 다음, 이 화면을 다큐멘터리로 편집해 방송으로 내보낸 것이다. 그런데 화면에는 배경음악도 없고 내레이션도 없다. 간간이 말풍선을 만들어 지나가는 지역에 관한 정보나 자료 화면만 제공할 뿐이었다. 슬로slow TV의 대표적 시도로 여기는 이 다큐멘터리를 노르웨이 인구의 절반 이상이 시청했다. 이 같은 성공에 힘입어 방송국에서는 곧바로 크루즈 선상에서 무려 134시간에 달하는 연속 촬영을 실시했다.

이런 현상을 보면서 나는 희망을 갖는다. 서울에서 부산까지 3시간에 달리는 KTX도 느리다고 30분 더 빠른 기차를 선택하는 우리도 언젠가는 5시간 동안 느리게 달리면서 창밖의 풍경을 즐기는 시대가 올 것이라고. 그리고 매 순간 자극적인 문구로 치장한 속보를 핸드폰으로 받아야 만족해하는 우리도 그 이상의 기사를 요구할 것이라고. 말하자면 책을 많이 읽고 사람을 많이 만나고 많은 글을 써본, 근본 튼튼한 언론인만이 제공할 수 있는 기사 말이다. 이런 때를 위해 철저히 준비하는 것이 진짜 기자가 되는 길이라고 나는 믿는다.

좋은
인터뷰를 위한
원칙

나는 본래 인생의 공식을 나열하는 책을 싫어한다. 이를테면 'XYZ 이론'이니 '5T 논리'이니 하는 책들 말이다. 왜냐하면 첫째, 인생은 공식이나 원칙보다 예외가 존재할 확률이 더 높다고 생각하기 때문이다. 과학적 근거나 연구를 기반으로 했다면 몰라도 일반 사람들이 나열하는 원칙이나 이론은 읽을 때는 그럴듯하지만 가만 생각해보면 누구나 다 아는 사실인 경우가 다반사이다.

그리고 둘째, 이런 원칙은 너무나 많고 심지어 서로 상반되는 경우도 부지기수이기 때문이다. 예를 들어 어떤 이론은 조직 생활에서 스스로를 부각시키라고 부추기는가 하면, 어떤 이론은 조직의 조화와 공동 목표를 위해 자신을 희생하며 인내하라고 조언한다. 그러니 최근 어느 특강에서 한 학생이 이렇게 질문한 것이 충분히 이해가 된다. "도대체 어떤 이론을 따라야 하나요?"

내가 공식이나 이론을 멀리하긴 하지만, 한 가지 강조하는 원칙이 있다. 나는 대학 강의실 또는 특강에서 기자 지망생이나 초보 기자들에게 기자의 본질에 대해 많은 얘기를 하는데, 이때 가장 중요하다고 강조하는 기자의 원칙 중 하나는 인터뷰 요령이다. 왜냐하면 기자는 무엇보다 지식이나 상황을 사람들이 이해할 수 있는 글이나 말로 전달해야 하는데, 이렇게 하기 위한 가장 좋은 방법은 다른 사람에게 정보를 많이 듣는 것이라고 생각하기 때문이다. 요컨대 기자는 말하고 쓰는 직업이지만, 그보다 중요한 것은 듣는 것이며 그러기 위해서는 질문을 잘해야 한다는 뜻이다.

우리의 일상생활에서 소통이란 타인과의 대화 또는 타인과의 만남을 통해 중요한 정보를 얻고, 자신의 중요한 메시지를 전달하는 것에 다름 아니다. 그러므로 기자에게 필수인 인터뷰 기술을 조금만 응용하면 일상의 소통 기술을 익힐 수 있다. 그런 취지에서 좋은 인터뷰를 하는 네 가지 원칙을 소개한다.

첫째, 사전 조사를 철저히 한다. 상식적이라 생각할지 모르나 이것이야말로 모든 중요한 만남의 원칙이며, 지위의 높고 낮음에 상관없이 해당하는 이야기이다. 나는 가능한 한 학생들의 인터뷰에 응해주는 편이다. 동문 영자지는 물론이고 타 대학 신문사 기자들도 많이 접해보았다. 이때 나를 가장 실망시키는 사람은 이상하거나 곤란한 질문을 하는 기자가 아니다. 나에 대해 사전 공부를 전혀 하지 않고 와서는 네이버 검색을 한 번만 해도 나오는 내용을 묻는 기자가 가장 꼴불견이다.

이런 행동은 인터뷰이의 시간을 낭비할 뿐 아니라 그 사람에 대한 기본 예의도 안 갖췄다는 인상을 주므로 인터뷰가 좋게 끝날 확률이 거의 없다. 아리랑 국제방송의 신입 사원 면접을 하다 보면 생각보다 많은 사람이 기본 상식도 갖추지 않은 채 면접에 임한다. 희망 부서의 역할, 회사의 목적이나 철학에 대해 사전 공부를 전혀 하지 않고 오는 사람들 말이다. 이 같은 사전 조사는 비단 구직 활동을 하는 사람에게만 필요한 것이 아니다. 자신의 업무를 파악해야 하는 신입 사원부터 프레젠테이션을 해야 하는 영업 사원, 승진하고자 하는 중간 간부 그리고 회사를 대표해 언론사와 인터뷰하는 사장에 이르기까지 모두에게 해당하는 이야기이다.

기자 시절 나는 30분가량의 인터뷰를 할 경우 일반적으로 그 세 배 넘는 시간을 사전 준비에 할애했다. 요즘은 인터넷이 발달해 웬만한 자료는 온라인으로 얼마든지 확보할 수 있다. 그러나 인터넷의 맹점은 누구나 똑같은 정보를 접할 수 있다는 것이다. 게다가 완전 엉터리 정보가 버젓이 올라 있는 경우도 허다하다. 따라서 독특한 자료를 원한다면 오프라인으로 눈을 돌려야 한다. 이를테면 주변 사람들에게 의견을 구하는 것이다. 인터뷰 대상인 개인이나 회사에 대해 사람들이 느끼는 점을 조사해놓으면 어느 누구와도 차별된 콘텐츠를 확보하는 셈이다.

둘째, 이렇게 확보한 정보를 어떻게 활용할 것인지 결정한다. 인터뷰에는 언제나 목표가 있다. 왜 그 사람의 귀한 시간을 빼앗으면서까지 꼭 만나야 하는가? 확보한 정보에 무엇을 더할 수 있을까? 그 사람만이 해줄 수 있는 답변은 무엇일까? 면접이나 미팅에서도 이와 유사한 접근이 가능하다. 어떤 결과를 구하는가? 내가 전달하고자 하는 메시지는 무엇인가? 요컨대 큰 그림을 그리며 목표를 정하는 것이다.

셋째, 이러한 목표를 달성하기 위해 해야 하는 질문, 또는 말을 준비하는 것이다. 인터뷰는 질문과 답의 연속이다. 어떤 질문을 어떻게 하느냐가 답을 좌우한다. 일반적으로 단순한 '예', '아니요'를 구하는 질문은 가능한 한 하지 않는다. 인터뷰 목적은 상대의 의견을 듣는 것이니 당연한 일이다. 기자회견장에서 기자가 질문을 하며 자신의 지식을 길게 늘어놓는 경우를 자주 볼 수 있다. 어떤 때에는 하도 길게 늘어놔 질문의 요점을 놓치는 경우도 있다. 듣는 사람이 그의 해박한 지식에 감탄할지 모르나 이는 일반적으로 하지 말아야 할 나쁜 질문 태도이다. 무엇보다 다른 질문을 할 시간을 빼앗기 때문이다. 인터뷰는 주인공의 이야기를 듣는 자리이지 기자의 의견을 피력하는 자리가 아니다. 그리고 질문받는 사람 입장에서 보면 해야 할 말을 못 해 답답할 수 있다. 게다가 곤란하거나 어려운 질문을 회피하는 기회로 활용할 수도 있다.

질문을 잘하는 요령은 많다. 긴 질문을 하지 마라, 한꺼번에 여러 가지 질문을 하지 마라, 상대와의 눈 맞춤eye contact을 유지하라 등등. 좋은 질문은 'Why?' 혹은 'How?'라는 한 단어의 변형이라고 할 수 있다. 우리는 이러한 질문의 답을 구하기 위해 계속 질문하는 것이다. 이런 질문에 대한 답변은 내용이 많고 깊어진다. 반면 'Did you?' 혹은 'Didn't you?' 하는 식의 질문은 '예', '아니요'의 짧고 얄팍한 답변만 유도할 뿐이다.

아울러 인터뷰 때 하지 말아야 할 주의 사항도 많다. CNN 시절 내가 잘 알던 베이징 특파원은 끈질기고 깊이 있는 질문을 퍼붓기로 유명했다. 그런데 그의 인터뷰를 옆에서 지켜보노라면 정신이 하나도 없다. 볼펜 버튼을 계속 눌러대는 바람에 인터뷰이뿐 아니라 카메라 기자도 혼란스럽게 만드는 버릇이 있었기 때문이다. 게다가 신문사 기자 출신인 그는 상대가 얘기하는 내내 열심히 필기하느라 상대의 얼굴 표정이나 보디랭귀지를 관찰할 틈이 없다. 특히 방송 인터뷰에서는 상대와의 눈 맞춤을 통해 계속 교감을 이어가는 것이 아주 중요하다.

좋은 인터뷰를 하는 마지막이자 가장 중요한 원칙은 바로 듣는 것이다. 가장 쉽고 당연한 원칙이라고 생각할지 모르지만, 이는 가장 어렵고 가장 간과하기 쉬운 원칙이다. 인터뷰나 면접, 미팅 등 사람과 사람이 만나는 자리는 대부분 살아 있는 유기체와 같다. 즉, 어떤 말을 하고 어떤 행동을 하느냐에 따라 그 자리의 흐름이 바뀐다. 질문하는 사람이나 질문받는 상대나 현장의 흐름을 읽고 이에 맞춰 행동하는 사람은 주도권을 쥐게 마련이다.

나를 인터뷰하는 기자들은 대부분 질문지를 미리 보내준다. 그런데 어떤 기자는 질문지를 펼쳐놓고 1번부터 순서대로 묻는다. 물론 고개를 끄덕이며 내가 하는 얘기를 듣기는 한다. 그러나 정말 듣고 있지는 않다. 머리로는 다른 생각 또는 다음 질문에 대한 생각을 하고 있는 게 역력하다. 심지어 내가 이미 대답한 질문도 순서대로 하다 보니 다시 하는 경우도 있다. 물론 질문지에 없는 것은 절대 묻지 않는다. 이런 기자에게는 성실하지만 형식적인 답을 할 수밖에 없다.

그러나 내가 하는 이야기를 정말 열심히 듣는 기자도 있다. 표정에는 내 이야기를 재미있어하는 게 역력하다. 사전에 준비한 질문이 무엇인지 상관하지 않고 대화를 이어나가는 경우도 흔하다. 이럴 때는 나도 모르게 신이 나서 더 많은 이야기를 해준다.

경청은 기자 생활을 하는 데 필수적이고, 사회생활을 하는 데에도 너무나 소중한 기술이다. 대학 강의나 특강을 할 때 나는 학생들에게 듣는 연습을 시킨다. 나에게 질문을 하도록 한 다음, 내가 한 대답을 갖고 추가 질문을 하게끔 하는 것이다. 학생은 계속 이어가면서 내 답을 듣고 질문해야 하는데, 그 내용이 갈수록 어려워진다. 이런 과제를 수행하면서 학생들은 듣는다는 게 얼마나 어려운 일인지를 깨닫는다.

비록 내가 원칙을 싫어하긴 하지만 앞에서 설명한 네 가지 원칙만큼은 요즘 젊은이에게 꼭 강조하고 싶다. 요즘처럼 기다릴 필요도 없고 다른 사람에게 물어볼 필요도 없이 원하는 답을 찾을 수 있고, 남들이 듣든 말든 외쳐댈 사이버 공간이 있는 시대에 소통의 기술은 그리 중요하지 않다고 말할 수도 있다. 그러나 생각해보면 남의 말을 듣지 않고 일방적으로 외치다 보니 이토록 말이 통하지 않는 세상이 된 것은 아닐까? 소통의 원칙은 단순하다. 듣고, 그리고 말하는 것 뿐이다.

청개구리 심보는
자기 발전의
원동력

사람의 심리는 참으로 묘하다. 다섯 살 어린애도 아니고 사춘기 학생도 아니건만 아직도 누군가가 하지 말라고 하거나 할 수 없다고 단정해버리면 더 하고 싶어지니 말이다. 이런 걸 청개구리 심보라고 하나 보다. 그래도 어느 정도 나이가 드니 이제는 이런 본능을 자제하거나 조정할 수 있는 것 같다. 물론 여전히 청개구리 심보 때문에 부부 싸움을 하는 경우가 종종 있긴 하지만 말이다.

우리 부부는 모두 글 쓰는 일을 하다 보니 상대방이 쓴 것을 봐달라고 했다가 대판 싸우고 등진 채 잠자리에 든 경우가 허다하다. 그러면 이루 말할 수 없이 속상하지만, 아이들에게는 이런 자극이 꼭 필요하다고 생각한다. 성장기의 적당한 부정적 자극은 꼭 나쁘다고

만 할 수 없기 때문이다.

초등학교를 미국에서 다니다 귀국한 나는 중학교 시절 내내 다른 아이들과 보조를 맞추기 위해 온 힘을 쏟았다. 한글로 된 책을 탐독하며 한국말을 익히고, 한참 뒤떨어진 수학은 집에서 따로 공부하며 쫓아가는 등 다른 아이들보다 힘들게 모든 과목을 이해하고 넘어가야만 했다. 중학교 1학년 때에는 어머니가 한 번도 꼴찌를 안 한 게 오히려 신기하다고 말씀할 정도로 한국말과 공부가 형편없었다. 하지만 졸업할 당시에는 등수가 중간 이상 올라가고, 자세히 들으면 서툰 발음을 알 수 있을 정도로 한국말도 익숙해졌다.

고등학교 입학 후에도 공부는 계속 힘들었지만, 적어도 이해 수준에서만큼은 다른 아이들과 비슷해졌다. 이제는 "미국에서 살다 왔기 때문에"라는 핑계가 의미 없었다. 뒤처지지는 않았지만 그래도 성적은 여전히 중간 수준에서 벗어나지 못했다.

내가 다닌 여고에서는 특이하게 가정·가사 과목 대신 상업을 선택할 수 있었다. 나는 용감하게 상업을 선택했지만 별로 흥미를 느끼지 못했고, 당연히 공부도 소홀히 했다.

어느 날 수업 시간에 상업 선생님이 과제를 내고 교실 안을 돌면서 학생들이 필기하는 것을 들여다볼 때였다. 내 책상으로 다가온 선생님이 공책을 뚫어지게 내려다보더니 "필기는 잘하는데……" 하며 혼잣말을 했다.

그냥 넘어갈 법도 한 그 한마디에 나는 너무도 많은 생각을 하기 시작했다. 첫째, 내가 상업을 잘 못한다는 뜻이었다. 꾸중도 아니고 창피한 지적도 아니지만 왠지 부끄러웠다. 둘째, '손지애가 이렇게 못할 학생이 아닌데'라는 선생님 나름의 긍정적 표현이었다.

바로 이 두 번째 생각이 나를 자극했다. 선생님이 실제로 그렇게 생각했는지는 알 수 없지만, 어쨌거나 나는 그 순간부터 공부에 한층 더 집중했다. 선생님의 그 한마디가 나에게 미친 영향은 정말 대단했다. 나를 밤낮없이 열중하는 모범생으로 만든 것이다. 상업 과목도 거의 완벽하게 마스터할 수 있었다. 그리고 정치외교학과를 지원해 사회 현상을 취재하는 기자가 되게끔 만든 원동력이었다.

그 후 대학을 졸업하자마자 첫 직장인 〈비즈니스 코리아〉에 수습 기자로 취직했다. 그리고 이곳에서 락스미 나까르미라는, 네팔에서 온 편집장이 다시 한 번 내 청개구리 심보를 자극했다. 락스미는 네팔 출신인데 일찍이 서울대학교에 유학 와서 한국말도 유창하고 수준 높은 글도 썼다. 게다가 〈비즈니스 코리아〉뿐 아니라 〈비즈니스 위크Businessweek〉, 〈아시아위크Asiaweek〉 같은 유수의 국제 언론에 기고를 하고 있었다.

대학을 갓 졸업한 내가 그의 눈에는 한참 어려 보였을 것이다. 좌충우돌하면서 잘 안 되는 영어 기사를 쓰려 애쓰는 내가 한심해 보이기도 했을 것이다. 내가 기사를 써서 제출하면 그는 빨간 사인펜으로 멀쩡한 문장이 없을 정도로 뜯어고치곤 했다. 그때마다 말할 수 없이 쑥스러웠는데, 한편으론 기자 초년생으로서 감당해야 할 일이라고만 생각했다.

그러던 어느 날, 사무실 창문을 내다보고 있던 그가 나를 불렀다. 가까이 다가가자 거리를 지나가는 소방차를 가리키며 물었다.

"소방차를 보면 어떤 생각이 들어?"

"사람들이 다치지 말아야 하는데……"라는 생각이 든다고 대답하자 그는 혀를 찼다. "미스 손(당시에는 젊은 여자를 모두 이렇게 불렀다)은 기자가 될 자격이 없군. 소방차를 보면 가슴이 뛰고 어디에서 불이 났을까 궁금해져야 하는데 말이야. 안 그래?"

그 말에 한동안 절망 속에 빠져 있던 나는 이내 생각을 고쳐먹기 시작했다. '소방차를 쫓지 않아도 훌륭한 기자가 될 수 있다는 걸 꼭 보여주고 말겠어.' 그 뒤로 나는 아무리 빨간 사인펜으로 긁어대도 꿋꿋하게 수없이 많은 기사를 락스미에게 가져갔다. 그렇게 시간이 지나자 어느덧 온통 빨간색이던 내 원고에서 조금씩 빨간색이 사라지기 시작했다.

락스미 말고도 〈뉴욕 타임스〉, CNN에는 그보다 훨씬 거칠고 심한 말로 내 글과 기사를 비판하며 뜯어고치는 편집장들이 있었다. 물론 그럴 때마다 마음이 상하고 포기하고 싶은 생각이 들었다. 하지만 이건 나를 성장시키는 수업이라고 생각하며 예의 그 청개구리 심보를 발휘하곤 했다. 일종의 오기를 발동해 남의 비난이나 비판을 긍정적 에너지로 바꿔버린 것이다.

그런 면에서 기자라는 직업은 청개구리 심보를 발동할 기회가 많다. 말단 기자 입장에서 위를 쳐다보면 차장, 부장, 국장 등 윗사람이 즐비해 주눅이 들기도 하겠지만, 이들의 진심 어린 비판 때문에 크게 성장하고 발전할 수 있다. 기자로서 최선을 다해 글을 쓰고 방송을 했는데, 누가 이를 비판하면 마음의 상처를 크게 받는 건 사실이다. 하지만 그렇다고 포기하는 사람은 없다. 나도 언젠가는 좀 더 나은 기사를 써서 지금 나를 혼내고 있는 상사의 코를 납작하게 만들어주겠다는 도전 근성이 생겼다. 고백하자면, 남편에게 내 글에 대한 가혹한 지적을 받았을 때도 '다음에는 더 좋은 기사로 당신의 입을 다물게 하겠어'라는 일종의 오기로 극복한 적이 많다.

현대식 교육 방식에서는 아이한테 칭찬을 많이 하라고 한다. 천재라고 계속 말해주면 천재가 되고, 바보라고 계속 말하면 바보가 된다는 식이다. 물론 맞는 말이다. 자신을 긍정적으로 생각하고 공부에 임하면 더 좋은 성과를 얻을 수 있다.

그러나 분명 적당한 자극도 필요하다. "잘한다, 잘한다"는 말만 듣고 자란 사람은 잘 못할까 봐 도전을 못 한다. 그리고 한 번 못했을 때 그 상황을 견디는 방법을 모른다.

우리 모두는 항상 칭찬만 받고 살 수는 없다. 칭찬이 자칫 독이 될수도 있다는 사실을 항상 염두에 두고 쓰디쓴 경험을 자극으로 받아들일 줄 알아야 한다.

기자로서
삶에
불이 켜진
순간

.

인생을 살다 보면 '과연 나는 어떤 사람이 될 것인가?'라는 생각을 하게 만드는 사건이 있다. 정신없이 앞만 보고 달려가다가 문득 멈춰 서서 주위를 둘러보며 자신이 가는 길이 과연 맞는지 스스로에게 묻게끔 하는 사건 말이다. 미국에는 이런 순간을 아주 잘 표현한, 내가 좋아하는 문구가 있다. Light bulb moment, '전등이 켜지는 순간'이라는 뜻이다. 이 문구에서 떠오르는 시각적 메시지, 사람 머리 위로 전등이 켜지는 이미지는 나에게 많은 것을 전해준다.

만약 이런 경험이 전혀 없는 사람이라면 주위 상황에 이끌려 수동적으로 인생을 사는 것은 아닌지 의심해보길 바란다.

나에게 이런 경험은 CNN 서울 지국장 및 특파원으로서 첫 사건을 취재하면서 이루어졌다.

1994년 김일성 사망 소식을 전하면서 나는 CNN과 인연을 맺었다. 이처럼 대단한 사건이 한반도에서 터질 당시 CNN은 서울에 아무도 없었다. 서울에서 소식을 전해주던 미국인 여기자는 때마침 본국으로 돌아갔고, 그녀가 없는 동안 급한 일이 생길 경우 전화해도 좋을 사람 목록에 〈뉴욕 타임스〉 기자인 내가 등록되어 있었을 뿐이다.

김일성 사망 소식이 나오면서 CNN은 서울 상황을 전해줄 사람이 급히 필요했고, 결국 나와 생방송으로 인터뷰를 진행했다. 그 일이 있은 후 한국에서는 큰 사건 사고가 계속 터졌다. 멀쩡하던 성수대교가 갑자기 끊기는가 하면, 도심 한복판인 마포에서 가스관이 폭발해 일대를 쑥대밭으로 만들기도 했다. 미군 헬기가 북한 영공으로 잘못 들어가 잡히는 바람에 미국 국무부 관리가 직접 나서서 데리고 나온 일도 있었다.

CNN은 이런 사건이 터질 때마다 나에게 계속 인터뷰는 물론 기사까지 써달라고 부탁했다. 그러다 마침내 서울에 정식 특파원이 있는 지국을 두기로 했고, 그 첫 지국장 겸 특파원으로 그동안 계속 도움을 받던 나를 뽑은 것이다.

이런 우여곡절을 겪으며 1995년 7월 1일 CNN 서울 지국을 오픈하기로 했다. 그런데 준비를 마치고 일종의 축하 파티를 하려던 모든 계획은 6월 29일 강남의 삼풍백화점이 무너지면서 무산되었다.

그날따라 강남에서 저녁 약속이 있던 나는 일찌감치 광화문에 있는 CNN 지국 사무실을 떠났다. 운전을 하면서 MBC의 〈지금은 라디오 시대〉를 듣고 있는데, 당시 진행자이던 최유라 씨가 이종환 씨에게 삼풍백화점에서 큰 사고가 났다는 소식이 들어왔는데, 사람들이 많이 안 다쳤으면 좋겠다는 얘기를 했다. 순간 온몸에 소름이 돋았다. 직감적으로 빨리 회사로 돌아가야 한다는 생각이 들었다. 한국은행 앞에서 불법 유턴을 해 지국을 향해 전속력으로 달렸다.

지국 앞에서는 카메라 기자와 학생 인턴이 모든 장비를 준비한 채 나를 기다리고 있었다. 우리는 곧장 삼풍백화점 현장으로 향했다. 카메라 기자가 운전대를 잡았다.

강남으로 가는 길은 역시 꽉 막혀 있었다. 남산 3호 터널에는 강남으로 가려는 차량이 장사진을 이뤄 꼼짝달싹도 못했다. 언론사 취재 차량, 심지어 구조 활동을 해야 하는 119 차량도 같이 묶여 있었다. 그 순간 우리 카메라 기자가 대담한 결심을 했다. 반대 터널, 즉 역방향으로 가기로 한 것이다. 기자는 차량에 설치해둔 사이렌을 켜고 사이드미러를 접은 다음 강남 방향을 향해 역주행했다. 우리가 역주행하는 것을 보고 다른 언론사와 구조 차량도 뒤를 따랐다. 지금 생각해도 끔찍한 역주행이었지만, 당시에는 다른 선택이 없었다. 그 덕분에 우리는 비교적 일찍 현장에 도착했고, 곧장 참사 현장을 취재하기 시작했다.

현장에 도착했을 당시의 상황은 그야말로 전쟁터나 다름없었다. 피 흘리는 피해자들을 부축하며 현장을 돌아다니는 사람, 소방관, 경찰, 군인, 일반 시민이 마구 뒤섞여 있었다. 게다가 현장에는 백화점 벽에서 나온 회색 플라스틱 가루가 뿌옇게 날리고 있었다.

〈가위손〉이라는 영화가 있다. 이 영화에서 가위손이 얼음 조각을 잘라내면 얼음 가루가 하늘에서 떨어져 한여름에 눈이 오는 것처럼 보이는 초현실적 장면이 있다. 마치 그 당시의 삼풍백화점 현장을 이렇게 표현할 수 있을 것 같다. 정말 믿기 힘든 사건이 일어난 현실을 강조하는 듯했다. 수백 명의 목숨을 순식간에 앗아간 이 비극적인 현장은 현실이라기보다는 영화의 한 장면 같았다.

카메라 기자가 촬영을 시작하고, 나는 현장에서 일어나는 일을 메모하며 방송국에 리포팅할 준비를 했다. 당시만 해도 핸드폰이 대중화되지 않아 조금만 통화량이 많아도 터지지 않았다. 다행히 도착하자마자 본사의 앵커와 간단한 리포트를 할 때는 통화가 됐다. 그러나 1시간 후 다시 연결할 때는 어림도 없었다.

근처에 있는 음식점의 공중전화를 이용하는 방법밖에 없었다. 물론 그 전화 역시 사람들이 긴 줄을 서서 기다리고 있었다. 그래도 생방송 시간에 맞추어야 한다는 집념으로 줄을 섰다. 그리고 생방송 시간이 될 때까지 뒷사람들에게 차례를 양보하며 기다렸다.

이윽고 방송 시간이 다가오자 나는 공중전화로 본사와 연결했다.

그런데 그날따라 바로 앵커와 연결이 되지 않았다. 내가 수화기를 잡고 기다리는 동안 뒤에 있던 한 아저씨가 발을 동동 구르며 통화를 안 할 거면 전화를 끊으라고 했다. 잠깐만 기다려달라는 내 얘기에도 그는 계속 재촉은 해댔다. 그러다 내가 생방송에 들어가는 순간, 나를 끌어내리려고 잡아당겼다. 다행히 주위 사람들이 뜯어말린 덕분에 생방송을 마칠 수 있었다. 방송을 마친 후 나는 거듭 죄송하다는 말을 하면서 공중전화 부스를 벗어났다.

바로 그 순간이 나의 'Light bulb moment'였다. 삼풍백화점 인근에 살던 그 아저씨는 아내와 아이들하고 연락이 닿지 않아 불안에 떨고 있었다. 혹시 무슨 일이라도 있을까 하는 공포심이 그를 사로잡고 있었던 것이다.

그런데도 나는 단지 생방송을 하기 위해 그를 더 깊은 공포심에 빠뜨렸다. 물론 당시에는 나 역시 정신이 없었고 경험 또한 부족했다. 그리고 CNN 특파원이라는 직책을 정식으로 맡기도 전인 상황이라 본사에 내 능력을 보여주고 싶은 마음도 있었다. 그래서 주위 사람들의 사정을 제대로 보지 않고 그들의 아픔에 등을 돌린 것이다. 상황이 끝난 뒤에야 나는 내 행동이 어떠했는지 깨달았다. 나는 자신이 너무나 부끄럽고 창피했다. 그때까지 나는 스스로를 좋은 사람, 법 없이도 살 사람이라 생각했고, 이런 내가 정의와 진리를 위해 위험을 무릅쓰는 당찬 기자가 될 수 있을까 걱정하기도 했다. 그러나 그 공중전화 부스에서 나오자 내가 얼마나 허영심이 많은 사람이었는지 알 것 같았다. '아, 나는 명예를 위해서라면 다른 사람의 고통 따위는 하찮게 여기는 사람, 다른 사람의 눈물도 기삿거리로 여기는 사람이 되었구나. 내가 이러려고 기자가 되었나?' 하는 부끄러움에 자신을 질책하며 도망가듯 그 자리를 빠져나왔다.

그때 나는 스스로에게 약속했다. 언제나 기자이기 전에 인간임을 잊지 말아야 한다고. 어떤 기사도, 방송도 사람보다 더 중요할 수는 없다고. 이 사실을 잊는 순간 기자 자격이 사라진다고. 나는 지금까지 그날의 교훈을 꼭 간직하고 있다. 그리고 자신 있게 말할 수 있다. 다시 그런 상황이 일어난다면 나는 전화를 끊고 차례를 양보할 것이라고.

이 글을 쓰다 보니 그날의 각오가 새삼스레 다가온다. 선배들이 말하던 "기자가 된다는 건 힘든 일이야"라는 뜻이 이런 거였구나 깨달은 날이었다. 기자는 평온한 상태의 취재원을 만날 일이 별로 없다. 대부분 취재원에게 크게 기쁜 일이거나 크게 나쁜 일을 당했을 때 만나곤 한다. 딸이 세계적 골프 스타가 된 박세리 아버지를 취재할 때는 어렵지 않았다. 그의 기쁜 얼굴 자체로 기사가 완성되었고, 기자가 되어 그 자리에 같이 있다는 것만으로도 좋았다. 그러나 꽃 같은 일곱 살 딸을 한 줌의 재로 재회한 아버지의 얼굴은 차마 쳐다

볼 수 없었다. 지옥 같은 아픔을 겪고 있는 이 사람의 얼굴을 전 세계로 내보내야 하는가? 전달해야 한다면 어떻게 해야 하는가? 모든 기자는 항상 이런 고민과 맞닥뜨리곤 한다.

사진 기사 케빈 카터Kevin Carter는 1993년 남수단에서 굶어 죽어가는 여자아이와 그 아이를 노리는 매의 사진을 찍어 퓰리처 상을 수상했다. 그러나 그는 기자로서 가장 명예로운 상을 받은 3개월 후 자살하고 말았다. 사진을 찍은 직후 바로 매를 쫓아버렸지만 죽어가는 아이를 살리지 못한 것에 대한 죄책감 때문이었다. 기자들의 이러한 정신적 고통 때문에 CNN에서도 최근 전쟁이나 대량 학살 등 힘든 사건을 취재한 기자에게는 정신적 치료를 받게 할 정도이다. 기자란 정말 단단한 각오 없이는 하지 말아야 하는 일이다.

나에게 그것을 깨닫게 해준 그날을 나는 평생 기억하고 살아갈 것이다.

화려함 뒤의
고난과
기다림

많은 사람이 내 첫인상이 매우 날카롭다고 말한다. 이는 전적으로 내가 우리 어머니를 많이 닮았기 때문이라고 생각한다. 어머니는 평생 모든 일에 정확하고 빈틈없는 분이셨다. 피아노과 교수로 제자들의 존경을 한 몸에 받았지만, 집에서 레슨할 때 제자들이 연습을 안 하거나 제대로 연주하지 못하면 무섭게 야단치곤 하셨다.

그러나 겉모습은 쏙 빼닮았어도 내 성격은 거의 어머니와 정반대이다. 좋게 말하면 유연하고 온화하다고 얘기할 수 있고, 나쁘게 말하면 우유부단하고 거절을 못 해 항상 피해를 보는 성격이다.

CNN 시절, 같은 층을 쓰는 다른 회사 여직원들이 한 번도 나에게 말을 걸지 않았다. 그게 이상해서 하루는 우리 여자 프로듀서에게

도대체 왜 그런 거냐고 물어보았다. 그러자 프로듀서가 다른 여직원들이 나를 무서워하기 때문이라고 웃으면서 말했다. 요컨대 하도 인상이 차가워 감히 말을 못 걸겠다는 것이었다. 전혀 그렇지 않다고 아무리 얘기해줘도 소용이 없다고 했다. 게다가 외국 방송사 특파원이니 칼 같은 성격에 철두철미한 냉혈한일 거라는 선입관도 있었던 것 같다.

물론 이런 잘못된 인상이 항상 나쁜 것만은 아니다. 청와대 해외홍보 비서관으로 근무하다가 아리랑 국제방송 사장으로 자리를 옮길 때 비서관실 직원들은 나를 걱정했다. 당시 만 49세이던 나는 아리랑 국제방송의 첫 여성 사장이면서 동시에 최연소 사장이 되는 셈이었다. 그리고 CNN에서 방송기자 생활을 15년 동안 했지만 조직을 운영한 경험은 전혀 없었다. 기껏해야 3~5명의 직원을 거느려봤을 뿐이다. 그러니 최고 경영자로서 220명이나 되는 직원과 나보다 나이 많은 임원들을 거느려야 하는 나를 걱정할 만도 했다.

그때 받은 충고 중 하나가 부임 초기에는 가능한 한 입을 열지 말라는 것이었다. 인상이 워낙 차갑고 무서우니 아무도 말을 걸지 않을 것이고, 말을 하지 않으면 내가 그런 사람인 줄 알고 무시하지 못할 것이라는 얘기였다. 요컨대 입을 여는 순간 순해빠진 아줌마라는 게 바로 드러날 테니 그 시점을 최대한 늦추라는 것이었다.

물론 이런 충고는 별 소용이 없었다. 말을 하든 안 하든 최고 경영자로서 해야 할 일이 태산 같았기 때문이다. 차갑고 위엄 있는 태도로 경영하지 못할 바엔 역시 천성대로 '아줌마스러운' 방식으로 회사를 이끄는 방법밖에 없었다. 다행히 많은 사람이 그런 나를 좋게 봐줘서 '부드러운 카리스마 리더십'이라는 얘기를 해줬다.

이렇게 겉과 속, 대외 이미지와 실제 성격이 상반되는 것은 비단 사람에게만 해당하는 얘기가 아니다. 직업도 마찬가지이다. 기자가 되고 싶다며 나에게 조언과 도움을 청하는 많은 젊은 사람 중에는 겉모습만 보고 기자를 희망하는 경우가 많다. 주요 인물을 만나 날카로운 질문을 하고 멋진 기사를 써서 세상 사람들을 감탄하게 만드는 기자, 방송에 출연해 화려한 의상과 메이크업에 멋진 말투로 시청자를 사로잡는 기자를 선망하는 것이다.

그중 몇몇 행운아는 CNN의 인턴으로 일하기도 했다. 물론 무급에 방송기자 일보다 비서나 지게꾼 역할을 하는 경우가 많았다. 전화를 받고, 신문을 스크랩하는 식이다. 카메라 기자와 동행하며 무거운 삼각대와 방송 장비로 가득 찬 배낭을 짊어지는 운 좋은 날도 더러 있긴 하다.

그러다가 일이 어느 정도 익숙해지면 가장 처음 하는 기자다운 일은 길거리 인터뷰이다. CNN에서는 이를 mos man on the street라고 하는데, 말 그대로 길거리에서 지나가는 행인에게 질문을 하는 것이다. 주로 당시의 사회 이슈를 묻는다. 예를 들면 북한이 도발했을 때,

증시가 추락했을 때, 전 대통령의 친척이 검찰의 송환을 받을 때, 또는 한국 최초의 여성 우주 비행사가 탄생했을 때 길거리 시민의 반응을 취재하는 것이다. 말하자면 외국 언론에서 보통의 한국인이 어떤 생각을 하는지 가장 잘 알 수 있는 방법이라고 할 수 있다.

이런 인터뷰가 얼마나 힘든지 안 해본 사람은 모른다. 아무리 사람으로 가득 찬 명동 거리라 해도 한쪽에 카메라를 세워놓는 순간, 바다가 갈라지듯 사람들이 피해간다. 이런 상황에서 지나가는 사람을 붙잡고 질문하는 것은 그야말로 기적을 바라는 것과 같다.

나도 이런 길거리 인터뷰가 죽도록 하기 싫었다. 지나가는 사람에게 때로는 걸인 취급을 받거나, 뭔가 불쾌한 것을 파는 장사꾼 취급을 받기도 했다. 행인들이 손과 고개를 저으며 피하는 모습을 보면서 '길거리에서 누군가가 나한테 인터뷰를 청하면 꼭 응해줄 거야!'라고 다짐한 게 한두 번이 아니다. 그러나 나는 이런 공포를 비교적 잘 이겨내는 편이었다. 그것은 내가 〈뉴욕 타임스〉 주재 기자 시절에 얻은 교훈에서 비롯된 것이다.

어느 해 겨울, 〈뉴욕 타임스〉 도쿄 지국의 경제 특파원이 건너와 한국의 임금 구조에 대한 기사를 준비하고 있었다. 도쿄 특파원과 나는 당시의 임금 수준에 대한 노동자의 입장을 듣기 위해 무작정 구로공단을 찾아갔다. 자세한 기억은 안 나지만 2월 말의 구로공단은 무척 추웠다. 퇴근 시간에 맞춰 공장 출입문 앞에 서서 노동자들이 나오기를 기다리는데 눈이 내리기 시작했다. 나는 노동자들을 붙잡고 그 기자의 질문을 통역해주어야 했다. 그러나 눈 내리는 추운 퇴근길에 물어볼 게 있다는 젊은 여자와 외국인을 위해 발길을 멈출 사람은 없었다. 그렇게 '이 사람은 어떨까, 저 사람이 더 나을까' 하면서 이리저리 재다가 인터뷰할 노동자를 단 한 명도 섭외하지 못했다. 날은 점점 어둡고 추워졌다. 게다가 퇴근하는 노동자의 수는 점점 줄어들었다. 마음이 조급해졌다. 그때 문득 나는 지나가는 노동자 10명을 무조건 잡아보자는 결심을 했다. 내 눈을 피하든, 무섭게 생겼든, 추워 보이든, 남자든, 여자든 무조건. 그리고 지나가는 사람을 공격하기 시작했다. 그 사람이 싫다고 뿌리치면 뒤돌아서 다음 타깃을 공격했다. 그렇게 30분 동안, 2시간 넘게 기다리면서도 못했던 노동자 인터뷰를 세 건이나 해치웠다.

갑자기 돌변한 내 행동에 어리둥절해하면서도 무사히 인터뷰를 마친 도쿄 특파원이 그만 가자고 했다. 우리는 몸을 녹이러 근처에 있는 커피숍으로 들어갔다. 차를 마시며 특파원이 나에게 어찌 된 일이냐고 물었다. 나는 그에게 발상의 전환을 한 것뿐이라고 말해주었다. 즉 하기 싫은 일이라도 꼭 해야 한다면 따지지 말고 재빨리 그리고 정열적으로 해치우기로 한 것이다. 그는 도쿄 지국에서 이런 길거리 인터뷰는 거의 불가능하다고 말했다. 일본 기자들은 해고당할지언정 그런 일은 못 한다면서.

기자 지망생 인턴들에게 이런 길거리 인터뷰를 시키는 것은 기자 직이 결코 화려하지만은 않다는 사실을 몸소 느끼도록 하기 위함이다. 기자는 대통령과 자리를 함께하는 것뿐 아니라 서울역 앞에 있는 노숙자를 찾아야 하고 실종된 자식을 찾는 절실한 부모의 마음도 읽어야 하는 직업이다. 화려한 무도장에 참석하는 경우도 있지만, 대부분 남들이 즐기는 동안 옆에서 기사를 작성해야 한다. 사건 사고가 터진 현장에서 몇 시간이든 추위와 더위를 견뎌가며 기다려야 한다. 내가 기자가 된 것을 가장 후회한 경우는 비행기 추락 사고 후 실종자 가족이 모인 현장으로 취재를 갔을 때이다. 현장이 너무나 처참해 울컥하는 마음을 가다듬으면서 최대한 조용히 그리고 주위 사람들의 상태를 존중하면서 죄인의 마음으로 취재를 마친 기억이 난다.

흔히 기자 정신을 얘기하면 1972년 미국 닉슨 대통령의 비밀 작전을 노출시킨 워터게이트 사건처럼 감추려는 음모를 들추어내고 나쁜 사람을 끌어내리는 일로 생각한다. 그러나 드라마 같은 작전보다 충실한 현장의 전파, 그리고 지속되는 뉴스 전달이 기자 본연의 모습이다. 그리고 이러한 충실한 일상에서 그냥 지나칠 수 있는 일에 적절하게 빛을 비추어 좋은 기사를 만들고, 좋은 일을 할 수 있다는 것으로 위안을 받는다.

사람이든 직업이든 겉과 속은 엄연히 다르다는 걸 잊지 말아야 한다. 화려함 이면에는 피땀 흘리는 노력과 희생이 있게 마련이다. 무릇 기자가 되려는 사람은 이런 상황을 최대한 이해하고 현명한 선택을 했으면 좋겠다. 영어 표현 중 이런 게 있다. "Don't judge a book by its cover." 책의 화려한 겉표지에 유혹당하면 후회하는 수가 많기 때문이다.

매일매일이
당황스러운 순간의
연속

누구나 살다 보면 상황 판단을 빠르게 해야 할 때가 있다. 운전하다 갑자기 옆 차가 끼어들 때 비켜주어야 하나, 브레이크를 밟아야 하나? 길을 걷다 너무나 연모하는 영화배우와 마주칠 때 쿨하게 지나쳐야 하나, 체면 불고하고 사인이나 사진을 부탁해야 하나?

생방송을 생명으로 여기는 방송국에서 15년이나 일하다 보니 빠른 상황 판단은 거의 일상적 일이 되었다. 생방송을 안 해본 사람은 그 묘미를 모를 것이다. 사람들은 나에게 생방송을 하면 떨리지 않느냐고 묻는다. 물론 떨린다. 특히 준비가 안 된 상황에서 하려면 심지어 공포 비슷한 감정을 느낄 때도 있다.

가끔 극한 상황에 처했을 때 초인적 힘을 발휘한 사건을 신문에서 본다. 자동차 밑에 깔린 아들을 구하기 위해 차를 들어 올린 엄마 이야기 같은 기사 말이다. 생방송을 할 때도 이와 비슷한 현상이 일어난다. 준비를 했든 안 했든 카메라 위의 빨간 불이 켜지면 내가 하는 모든 행동, 내가 하는 모든 말이 순식간에 전 세계로 퍼져나간다. '다시 하기'도 없고 멈출 수도 없다. 이런 상황을 벗어나는 방법은 최대한 빨리 끝내는 수밖에 없다. 극한 상황에 처하면 다른 모든 잡념이 사라진다. 심지어 몸이 아프거나 콧물이 줄줄 나도, 기침을 심하게 해도 생방송 불이 켜지면 나는 방송기자의 본분을 다한다. 내몸의 모든 세포가 방송을 위해 평상시보다 많은 에너지를 생산하고 그 일을 위해서만 집중하고 있음을 느낀다. 이 순간만큼 내가 살아있음을 뼈저리게 느낄 때는 없다.

생방송을 많이 하고 귀가한 날에는 아무리 피곤해도 잠이 잘 안온다. 모든 게 아직 극도로 예민해 있기 때문이다. 아마 마약에 중독되면 이런 현상이 나타나지 않을까 싶다. CNN 동료 중에도 생방송에 '중독'된 사람이 있을 정도이다.

그러나 생방송이다 보니 예상치 않은 상황이 벌어지는 경우가 허다하다. 때로는 본사에 있는 앵커가 이상한 질문을 하는 경우도 있다. 과연 CNN 앵커들은 미리 준비한 질문을 현장 기자에게 할까? 그럴 때도 있고, 아닐 때도 있다. 물론 대부분 논리적이고 정상적인 질문을 하므로 그 내용을 미리 받지 않아도 대답하는 데 별문제는 없다. 그러나 가끔 거의 골탕을 먹이려는 게 아닌가 싶을 정도의 질문을 하는 경우도 있다. 어쨌든 생방송이니.

황우석 박사의 줄기세포 사태가 한창 화세일 때 일이다. 나는 며칠 동안 그의 동물 복제와 줄기세포 연구에 대해 계속 생방송을 했다. 그러던 어느 날, 새로 취임한 앵커가 갑자기 줄기세포가 무엇인지 설명해달라고 했다. 물론 당연히 알아야 할 정보였다. 하지만 그 질문을 받는 순간 머릿속이 갑자기 텅 빈 듯 아무 생각도 나지 않았다. 그래서 아마 엉겁결에 모든 다른 기관으로 발전할 수 있는 아주 중요한 세포라는 것 정도의 이야기를 한 것 같다. 어쨌든 나는 무슨 말을 했는지 생각이 안 날 정도로 당황했다.

노무현 대통령이 탄핵 위기에서 관저에 머물고 있을 때 CNN의 유명 앵커 리처드 퀘스트Richard Quest와 생방송을 한 적이 있다. 그런데 엉뚱한 질문을 하는 것으로 유명한 그가 갑자기 노무현 대통령이 무엇으로 소일하고 있는지를 대뜸 물었다. 그걸 내가 어찌 안단 말인가? 그러나 모른다고 답할 수 없는 방송기자인지라 추측하건대 변호인단과 회의를 하거나, 링컨 전문가이니 링컨 관련 서적을 읽고 거기서 답을 찾고 있지 않겠느냐고 대답했다.

어떤 때는 언어가 말썽을 일으키기도 한다. 너무나 끔찍한 씨랜드 화재 참사 사건을 취재할 당시, 화재 원인은 모기향이라는 추측이

나왔다. 생방송으로 이 소식을 전하던 중 모기향이 영어로 무엇인지 생각이 안 나는 것이었다. 심지어 '외국에는 모기향이라는 게 있나?' 하는 생각까지 들었다. 결국 "모기를 죽이기 위해 불로 독가스를 뿜어내는 동그란 살충제"라고 설명해버렸다. 생방송을 끝내고 찾아보니 Mosquito Coils라는 아주 간단한 단어가 있었다.

이 밖에 생방송을 하는 동안 갑자기 예기치 않은 상황이 발생하는 수도 있다. 어느 무더운 여름날, 생방송 도중 조명을 덮고 있는 종이에 불이 붙었다. 카메라 기자는 촬영하느라 보지 못했지만 나는 불이 붙어 활활 타는 종이를 보면서 겨우 방송을 마쳤다. 방송이 끝나자마자 불을 끄느라 난리를 친 것은 물론이다.

1997년 미국, 유럽연합 그리고 일본과 한국은 북한의 핵 개발 계획 포기 대신 경수로를 건설해주기로 합의하고, 함경남도 신포에서 준공식을 했다. 미국 방송기자 대표로 참석하게 된 나는 아마도 북한에서 첫 생방송을 한 한국인이 아니었나 싶다. 하지만 그 대가를 톡톡히 치렀다. 낮에 조명을 설치해놓고 밤에 생방송을 하기 위해 켰더니 현장에 있는 벌레들이 이게 웬 불빛인가 하면서 떼거지로 달려든 것이다. 앵커의 질문에 답하는데 무엇인가가 자꾸 입안으로 날아 들어왔다. 방송 도중 뱉을 수도 없어 조용히 삼키기까지 했다. 아마도 북한에서 처음 먹어본 유기농 식품이 아닐까 싶다.

방송기자든 일반인이든 살다 보면 예측하지 못한 일을 많이 겪게 마련이다. 그래도 일반인보다 그런 일을 조금 더 많이 겪은 사람으로서 간단한 대처 방법을 소개한다.

첫째, 나에게 주어진 선택지 중에서 판단한다. 질문을 무시하고 다른 얘기를 할 것인가, 무엇이라도 비슷한 얘기를 할 것인가? 방송을 정지하고 불을 끌 것인가? 이야기를 잽싸게 마무리하고 빨리 끝낼 것인가? 물론 이런 판단은 순식간에 해야 한다.

둘째, 절대 당황하는 모습을 보이지 않는다. 이를테면 이상한 벌레를 먹었다고 얼굴을 찡그리지 않는다. 그리고 한번 내린 결정에 올인한다.

셋째, 침착하게 현실을 직시한다. 임신을 해본 사람은 알겠지만 어느 정도 시간이 지나면 이 힘들고 고역스러운 상태에서 벗어나는 방법은 아이를 낳는 수밖에 없다는 사실에 직면하는 순간이 있다. 그로 인해 출산에 대한 공포를 느끼기도 하지만, 정말 아이를 낳아야 하는 현실을 직시하는 순간 끝이 보인다. "Grin and bear it"이라는 영어 표현을 기억한다. 어차피 겪을 일이라면 웃으면서 견디는 것이 제일 낫다.

북한에 대한
올바른 교육이
필요하다

나는 반공 교육을 철저히 받은 세대이다. 중학교와 고등학교 시절 한국말을 잘 몰라 공부하기 힘들 때도 반공 교육을 받은 기억은 생생하다. 물론 미국에서 전혀 경험하지 못한 사상 교육이기도 하다. 그 교육은 받아본 사람이라면 다 알겠지만, 성격상 매우 자극적이다. 반공 포스터 그리기 대회를 하면 북한 사람을 악마로 묘사하고 "때려잡자!"는 문구가 꼭 등장하곤 했다. 그리고 어찌 "공산당이 싫어요!"를 외치다가 북한 공비들에게 죽음을 당한 이승복 어린이를 잊을 수 있겠는가?

이런 반공 교육은 내가 어른으로 성장해 기자가 될 때까지 북한에 대한 내 시각을 지배했다. CNN이 남한 시민인 나를 채용하는 데

걸림돌이 된 점도 아마 남한 시민이기에 북한에 들어가 취재하는 게 어려울 것이라는 판단과 함께 남한 사람이기에 북한에 대한 편견이 있을지도 모른다는 우려였을 것이다.

CNN은 내 생각을 떠보기 위해 시울 지국장으로 일하기 시작한 지 얼마 안 되어 나를 애틀랜타 본사로 급히 호출했다. 자세한 이야기는 없었다. 단지 북한과 관련한 내용이라는 것만 알려주었을 뿐이다.

도착해보니 CNN 부사장 이슨 조던이 방미 중인 북한의 농업 관리들을 접대할 예정이었다. CNN 본사가 있는 애틀랜타 근처의 조지아대학교에서 농업 생산성에 관한 세미나가 열렸는데, 북한의 농업 관리들이 여기에 참석한 것이다. 부사장은 모처럼 미국에 온 북한 관리들을 저녁 만찬에 초대했는데, 그 자리에서 새로 부임한 서울 지국장도 소개해주고, 내가 있으면 북한 관리들이 덜 불편해할 것 같아 나를 부른 것이었다.

부사장은 나를 보자마자 북한 사람에 대해 잘 아느냐고 물었다. 그는 서울을 방문한 북한 관리나 기자들을 간접적으로 잠깐 본 것밖에는 별로 아는 게 없다는 내 얘기를 듣곤 놀라며 신기해했다. 그러면서 내가 생전 처음 북한 사람을 직접 만나면 어떻게 행동할지 궁금해했다.

다음 날, 북한 관리들을 첫 대면하는 자리에서 나는 부사장이 나를 유심히 관찰하는 것을 느꼈다. 북한 관리들은 대부분 농업 전문가이기 때문에 북한 밖으로, 또는 농가 밖으로 생전 처음 나온 사람도 있었다. 부사장은 북한 단장에게 나를 소개하고 내 행동을 지켜보았다. 나는 불안해지기 시작했다. 북한 사람들이 나를 적대시하면 어쩌지? 남한 사람을 데리고 나왔다며 화를 내면 어쩌지? 인사도 안 하면 어쩌지? 별별 생각이 스쳐 지나갔다.

그러나 내 우려와 달리 북한 단장은 나를 반갑게 맞이하고 악수를 청했다. 한국말로 인사할 수 있어 좋다면서 밝은 웃음까지 지었다. 자리를 옮기고 편안한 얘기를 하는 자리에서 나는 단장에게 솔직히 털어놓았다. 북한 사람을 직접 만나는 것은 처음이라고. 그리고 사실 만나기 전엔 조금 무서웠다고. 머리에 뿔이 솟았거나 꼬리가 달린 사람이면 어쩌나 하는 아이 같은 걱정도 했다고. 지금 생각해보면 충분히 기분 나쁘게 들릴 수 있는 얘기였는데, 그는 방이 떠나가도록 웃었다. 그러곤 내 손을 꼭 잡고 "동무, 우리는 다른 나라에 의해 갈라졌지만 한 민족인 것을 잊지 마세요"라며 나를 안심시켰다. 물론 이런 것조차 그의 계획적이고 계산된 행동일 수 있다는 생각을 잠시 했지만, 내 마음속에서는 그때까지 받은 반공 교육의 뼈대가 무너지는 것을 느꼈다.

그 뒤로 나는 북한 인사를 비교적 많이 만났다. 어떤 사람에게는 동포의 정을 느꼈고, 어떤 사람에게는 어릴 적 배운 공산당다운 행동을 목격한 적도 있었다. 그러나 어떤 경우라도 미리 선입견을 갖고 대해서는 안 된다는 교훈을 나는 그때 애틀랜타에서 얻었다.

그 후 세월이 흘러 우리 사회에도 이제는 반공 교육을 거의 받지 않았거나, 전혀 받지 않은 세대가 많아졌다. 나는 처음엔 이런 사상 교육을 안 받은 세대는 북한을 더욱 열린 마음으로 대할 수 있으니 남북의 미래가 한층 밝을 거라고 생각했다. 그러나 갈수록 내 생각이 틀렸다는 걸 깨닫는다. 기성세대는 철저한 반공 사상 덕분에 오히려 자기만의 가치관을 만들 수 있었다. 그런데 오히려 이러한 선입관이 없는 젊은 세대의 무지가 통일의 발목을 잡고 있다. 탈북자를 인터뷰하면 가장 먼저 북한 말투를 고치고 싶다고 한다. 그리고 말투를 고치기 전까지는 중국 동포라고 거짓말을 하며 생활한다고 한다. 그러지 않으면 죄짓고 도망친 범법자, 식구들을 버리고 혼자 잘 살려고 도망 온 파렴치한으로, 내지는 거지 생활하다 남한으로 부귀영화를 찾아온 기회주의자로 여기는 등 탈북자에 대한 왜곡된 시선을 견디기 어렵다고 말한다.

북한 탈북자를 인터뷰하는 것은 CNN 서울 특파원의 주요 임무 중 하나였다. 최고위급 북한 인사인 황장엽 전 노동당 비서부터 무용수, 군인, 포로수용소에서 탈출한 사람 그리고 굶주림과 탄압을 견디다 못해 남한으로 탈출한 젊은이들까지. 사람들은 대부분 이들이 남한에서 북한과 비교할 수 없는 부유하고 행복한 삶을 살고 있을 거라고 착각한다. 북한은 자유가 없고 경제도 파탄 난 곳이니 남한에서 사는 이들은 행운아라고 생각하는 경우가 대부분이다.

그러나 실상은 전혀 그렇지 않다. 북한보다 물질적으로 더 풍요로울지라도 이들에게 남한은 삭막한 곳이다. 북한 체제와 너무나 다르기 때문에 사회 흐름을 익히는 데 많은 교육이 필요하다. 어떤 탈북자는 슈퍼마켓에 가는 게 너무 싫다고 했다. 물건을 고르는 습관이 안 되어 그 자체가 스트레스라는 것이다.

그리고 한국 정부가 정착하는 데 필요한 약간의 자금을 지원해주지만, 한국에서 온전히 살아가려면 직장을 구해야 한다. 그런데 북한에서 자란 이들이 스스로 남한에서 직장을 구한다는 것은 거의 불가능에 가깝다. 영어를 못 하고 컴퓨터를 못 다루는 것은 고사하고 북한에서 어떤 일을 했다 해도 그 경력을 인정받지 못한다. 의사나 교사였던 사람도 마찬가지이다. 그래서 누구나 할 것 없이 막노동 시장으로 내몰리는 경우가 흔하다. 게다가 식구도, 친구도 없는 이들은 남한 사람들에게 사기당해 정착금마저 뺏기는 일도 허다하다. 또한 외로움과 북한에 두고 온 가족에 대한 그리움 때문에 정신적으로 매우 힘들어한다.

그러나 이 모든 어려움 중에서도 가장 견디기 힘든 것은 남한 사람들의 편견이다. 북한이 과거 한국전쟁을 일으켰다며 경멸하거나, 못살고 가난한 곳에서 온 걸인 취급을 하는 경우도 있다. 또 북한에서 뭔가 잘못을 저질러 도망쳤을 것이라는 선입견도 갖고 있다. 그리고 심지어 식구와 친구들이 핍박을 받을 텐데도 혼자 잘살겠다고 탈북한 치사하고 비인간적인 사람으로 여기는 경우도 있다.

더욱 놀라운 사실은 나이 든 사람뿐 아니라 젊은 사람들도 탈북자에 대해 이 같은 생각을 한다는 것이다.

나는 내가 북한 사정을 정확하게 안다고 생각하지 않는다. 세상 사람들은 북한에 대해 많은 추측과 이론을 제시하지만, 북한이 진정 자신의 모든 것을 보여주지 않는 한 이 추측과 이론은 그야말로 증명하기 힘든 것일 뿐이다.

그러나 북한의 사정이야 어떻든 탈북자는 우리의 형제라고 생각한다. 만약 이를 받아들일 수 없다면 최소한 더 나은 삶을 위해 우리를 찾아온 사람이라고 생각해야 한다. 우리가 그들을 무시하고 괴롭히면 도대체 어떻게 글로벌 시민이 되고, 어떻게 우리가 다른 나라에 가서 환대를 기대할 수 있겠는가? 영어에 "Charity begins at home"이라는 표현이 있다. 다른 사람을 돌보기 전에 먼저 자기 식구부터 돌보라는 것이다. 다른 나라 사람을 가엾게 여기기 전에 우리 뒷마당에 있는 동포부터 챙기자는 것이다. 특히 북한 동포들은 외면한 채 가난하고 굶주린 사람을 구호하기 위해 세계 방방곡곡을 찾아가는 우리 젊은이들에게 정말 부탁하고 싶다. 탈북자를 보살피고 보듬어 안는 것은 어떠한 통일 준비보다 보람된 일일 것이다. 남한의 체제에 대한 어떤 선전보다도 우리 사회가 탈북자에게 보여주는 포용과 배려가 결국은 북한 사회를 크게 울릴 것이다. 그리고 이러한 울림은 통일 시대에 우리가 서로 손잡고 어려움을 극복하는 근간이 될 것임에 틀림없다.

신뢰받는
언론의
조 건

우리 사회가 겪고 있는 제일 큰 문제 중 하나는 신뢰의 부재라고 할 수 있다. 누구 말을 믿고 누구 말을 믿지 말아야 하는지가 최대 고민거리라는 뜻이다. 이런 상황에서 국민은 어떤 정부가 어떤 정책을 내놓아도 그 효과를 믿지 못할 뿐 아니라 정책 자체를 의심하게 된다. 어떤 정치적 목적이 있는 건 아닐까? 특정 이익 단체를 위한 정책은 아닐까? 이렇게 의심하다 보니 정책을 실현하기도 힘들고, 그럴 경우 국민은 "역시나……" 하고 손가락질을 하고 또 신뢰가 떨어지는 악순환이 거듭된다.

이런 현상은 노인을 위한 복지 정책부터 일하는 엄마를 위한 육아 정책 그리고 대학생을 위한 등록금 삭감 정책 등에 이르기까지 다양하게 영향을 미친다.

CNN 시절 남한 정부의 통일 정책에 관한 기사를 준비하면서 젊은 세대의 통일관을 취재하기로 했다. 그래서 한국의 최고 대학에 다니는 학생을 몇 명 모아놓고 그들이 생각하는 북한과 통일에 대해 알아보았다.

대학 캠퍼스 한쪽 구석에 둘러앉아 북한에 대한 아주 기본적인 질문부터 시작했다. 북한에 대한 상식, 북한에 대한 생각, 북한 지도자와 사람에 대한 생각 등등. 놀라운 점은 학생들이 북한의 실상을 정말 모르고 있다는 게 아니라, 알고 싶어 하지도 않는다는 것이었다. 왜? 이유는 간단했다. 중학교나 고등학교 때는 북한이 정말 나쁘고 후진국이라는 교육을 받았고, 대학에 들어와서는 동아리 선배들에게 북한의 주체사상이 남한의 자본주의보다 훨씬 우월하다고 배웠기 때문이다. 요컨대 극에서 극으로 치닫다 보니 이제는 어느 누구의 말도 믿기 힘들뿐더러 북한에 관한 이론은 모두 누군가의 이익에 의해 펼쳐지는 선전propaganda으로 여긴다는 것이다.

남한 정부의 대북한 정책에 대해서는 관심 밖일 수 있지만 북한에 관한 모든 것을 하나의 이념적 흐름으로 불신한다면, 북한이라는 아주 현실적인 위협과 기회를 안고 있는 우리에겐 정말 걱정이 아닐 수 없다.

민주 사회에서 정부가 신뢰를 받으려면 그 정부를 감시하는 언론이 역할을 충실히 해야 한다. 이런 역할을 해야 하기에 언론은 신뢰를 생명으로 여기고, 그 신뢰를 지키기 위해 노력하는 것이다.

내가 현장에서 일하던 시절에는 기자란 현장과 사건을 최대한 객관적으로 전달하는 사람이라고 배웠다. 대학에서도 정확하고 균형 잡힌 현실을 반영하려는 노력이 기자의 본분이라고 가르쳤다. 그러면서 연출staging에 대한 경계를 강조했다. 말하자면, 현장이나 현실을 꾸미는 작업을 해서는 안 된다는 얘기이다. 당연하다고 여길지 모르나 그 경계는 생각보다 아주 모호하다.

뉴스 작성에서 연출이란 예를 들면 이런 것이다. 한 사진 기자가 어떤 두 기관의 상호 협조 계약 조인식을 취재해야 하는데, 현장에 도착하니 두 기관장이 협약에 벌써 사인한 뒤였다. 이때 사진 기자가 두 기관장에게 다시 사인하는 것처럼 포즈를 취해달라고 부탁한다. 이렇게 찍은 것이 연출에 의해 얻은 사진이다.

CNN에 입사할 당시 나를 교육하던 선배는 연출의 한 가지 실례로 과테말라의 마약 거래를 취재한 사진 기자 얘기를 해주었다. 그는 마약 거래가 빈번한 시내 거리를 촬영하기로 했다. 그런데 평소 쓰레기와 먼지로 뒤범벅이던 거리가 깨끗했다. 그날따라 청소차가 지나가며 쓰레기를 모두 치운 것이다. 사진 기자는 평소 이미지에 맞게 길거리에 있는 쓰레기통을 쓰러뜨리고 사진을 찍었다. 그가 찍은 사진은 과연 마약 거리의 이미지와 정확하게 들어맞았고, 뉴스에 여러 번 사용했다. 그런데 얼마 후 누군가가 그 장면이 연출된 것이라고 폭로했고, 그 사진 기자는 해고당하고 말았다.

어떤 사람들은 연출을 대단하지 않은 것으로 생각한다. 전적으로 거짓말을 하는 것도 아닌데 어떠냐는 것이다. 요컨대 과테말라 마약 거리를 담은 사진 기자는 일어나지 않은 일을 찍은 것도 아니니 정말 거짓말이라고 할 수 있느냐는 것이다.

물론 그렇게 생각할 수도 있다. 아울러 그렇게 생각하는 많은 사람 때문에, 특히 한국 취재 현장에서는 연출이 종종 일어나고 있다. 아무런 거리낌이나 죄의식도 없이 말이다.

그러나 이는 진실을 추구해야 한다는 언론의 이념에 반하는 것이다. 또 진실을 전달하기에 독자나 시청자가 언론을 신뢰한다는 이념도 해치는 짓이다. 작고 무의미한 거짓이라도 반복하다 보면 더 큰 거짓으로 이어질 수 있다. 말하자면 한번 길을 내려가기 시작하면 미끄러워서 멈추기가 힘들다.

이렇듯 신뢰는 받기도 힘들지만, 그것을 지키려고 노력하지 않으면 순식간에 사라지고 만다. 특히 언론에서 진실과 신뢰는 무엇보다 중요하다. 요즘처럼 인터넷에 정보가 넘쳐나고 근거 없는 각종 유언비어와 음해성 이론이 버젓이 진실 행세를 하는 때는 더욱 그러하다. 이런 때일수록 진실과 거짓을 구별해 올바른 정보를 제공해야 할 책임이 있는 것은 기존의 정통 언론이다. 1990년대에 독재 정권

이 무너지기 전, 그러니까 한국 언론이 규제에서 풀려나 제 역할을 하기 전에는 이른바 유언비어, '유비 통신'이라는 게 횡행했다. 특히 대기업 정보팀, 보안 기관, 검찰, 경찰 정보 부서 등이 일명 '지라시'라고 부르는 쪽지 등 사설 정보를 많이 생산했다. 그 이유는 간단하다. 기존 언론이 진실된 정보를 보도할 능력을 잃었기 때문이다.

그러나 오늘날 우리는 다른 시대에 살고 있다. 과거에 비하면 엄청난 수준의 언론 자유를 누린다. 영미 선진국에 비하면 못한 수준이지만 국제적으로도 상대적으로 언론이 자유롭다. 그런데도 이를 믿지 못하는 사람이 많은 것은 언론이 제 역할을 충분히 못하기 때문이다. 신뢰를 얻기 위한 최선·최고의 노력을 하지 못한다는 얘기이다. 연출을 아무 일도 아닌 것처럼 여기고, 회사의 이해와 당리당략에 치우쳐 보도하며, 자신의 편견과 이념에 사로잡힌 보도를 일삼을 때 독자와 시청자의 신뢰를 얻기 어렵다.

사실 작금의 미국 사회 역시 신뢰성 상실 위기에 처해 있다. 공화당은 민주당 오바마 정부의 각종 정책이나 발표를 철저히 반박하고 배척한다. 정치적으로, 이념적으로 또 경제적으로 미국 사회는 전례 없는 양극화를 겪고 있다. 이런 배경으로 언론의 양극화를 지적하는 사람이 많다. 예를 들어 폭스 뉴스 같은 언론사는 극우 보수 입장을 대변해 민주당에 대한 공격을 일삼는다. 보수 진영에서는 CNN도 때로는 너무 진보적이라며 공격한다. 과거에는 언론사가 가능한 한

중립을 표방하며 균형감을 유지하려 했지만, 이제는 많은 언론사가 이를 포기하고 한쪽으로 치우친다. 언론사 간 경쟁이 치열해지고 수익성이 악화되는 상황에서 기존 독자들을 더욱 충성스러운 독자로 만들기 위해 그들이 원하는 정보만 제공하기 때문이다.

한국도 마찬가지 상황이다. 중립을 포기하고 한쪽으로 치우치기 때문에 그 독자나 시청자는 이러한 정보만 편식하고, 그로 인해 더욱 이념적으로 경도되는 것이다. 예를 들어 보수적 독자는 진보 언론은 아예 쳐다보지도 않고 계속 보수 언론만 고집하는 식이다. 진실과 중립, 이는 우리 사회가 더 이상 갈라지는 것을 막기 위해 가장 중요한 가치라고 생각한다.

한국인
외신 기자가
된다는 것

내가 재직하던 시절 CNN 본사에서는 1년에 한 번 모든 기자의 기사를 평가했다. 이때 가장 좋은 평가를 받는 기준은 기사의 정확도였다. 나는 추측이나 예상에 의존하지 않고 사실에 근거한 기사를 쓰고자 노력한 덕분에 좋은 평가를 받곤 했다.

그러나 안타깝게도 평가 때마다 지적받는 사항이 있었다. 어떤 사건을 보도할 때 그에 대한 배경이나 맥락을 충분히 설명하지 않는다는 것이었다. 말하자면 한국인이기 때문에 한국에서 일어나는 일을 외국인보다 깊이 있게 이해하는 장점은 있지만, 바로 그렇기 때문에 한국에 대해 잘 알지 못하는 외국인을 위한 글을 쓸 때는 한계가 드러난 것이었다. 요컨대 내가 알고 있는 사실 또는 사건의 배경이나 맥락을 다른 사람들도 알고 있으려니 생각하고 보도한다는 것이었다.

당시 내 단점을 지적하면서 CNN의 한 에디터는 "기사를 보는 사람은 국제 관계에 지속적으로 관심을 갖고 시사 문제에 상당한 상식을 갖춘 뉴욕이나 워싱턴의 지도층 인사뿐만이 아니다"라는 충고를 해주었다. 미국 중부의 아이다호주에서 농사일을 끝내고 거실 소파에 앉아 채널을 돌리는 중산층 아저씨도 알아들을 수 있어야 한다는 얘기였다.

그러기 위해 기사에 포함된 모든 정보는 보편적 상식에 기초해야 하고, 곳곳에 '표지판'이 있어야 한다. 한국인을 위한 기사에는 남북 분단에 대한 긴 설명이 필요 없다. 하지만 외국인을 위한 기사에서는 자세한 설명이 필요하다. 이를테면 남북한이 1950년부터 1953년까지 전쟁을 치렀고, 지금은 정전 상태라는 등의 기본 설명이 필요하다. 그리고 이는 한반도가 아직 전쟁 중이라는 걸 의미한다는 사실도 상기시켜야 한다.

많은 한국인 외신 기자들은 동감하겠지만, 나에게 이런 과정은 결코 쉬운 일이 아니었다. 내가 당연히 알고 있는 상황을 군이 끄집어 내 설명해야 한다는 부담은 두 가지 면에서 압박으로 다가왔다. 첫째, 내 상식이 얼마나 보편적이지 않은지를 깨달았다. 나, 혹은 우리가 당연하다고 생각하는 것을 남들도 당연하게 여기리라는 착각의 벽이 무너진 것이다. 내 경우는 한 에디터가 한국전쟁은 어느 쪽에서 먼저 공격해 일어났느냐고 물었을 때 그런 착각의 벽이 무너졌던 것 같다. 둘째, 내가 평생 상식이라고 생각해온 것에 대해 나 자신이 거의 아무것도 모르고 있다는 사실을 깨달았다. 이를테면 남북 분단에 대해 외국인이 이해할 수 있도록 간략하게 설명하는 게 너무나 힘들었다.

외신 기자로 일한 20년 동안 나는 쉽고 보편적 설명을 하는 훈련을 끊임없이 되풀이했다. 그 덕분에 이제는 누구 못지않게 객관적 입장에서 한국 기사를 다룰 수 있다고 자부한다. 하지만 끊임없이 객관적이기 위해 노력하는 나를 가로막는 한 가지 장애물이 있다. 분단의 아픔을 겪는 사람들의 한이다. 우리는 분단의 슬픔이 무엇인지 알지만, 외국에서는 이런 절대적 분단이 존재하지 않기 때문에 그 감정까지 설명하기가 매우 어렵다.

1990년대부터 시작한 이산가족 상봉을 취재할 때 일이었다. 한국 전쟁 당시 헤어진 가족이라고 단순히 설명하기에는 이산가족이 가진 한의 깊이를 충분히 설명할 수 없었다. 1950년 6월 25일 시작된 동족 간 전쟁을 겪은 한국, 부모형제가 서로 총부리를 겨누게 된 상황, 외국의 휴전 결정에 의해 갑작스럽게 그어진 국경, 50년 넘게 어떤 소통도 불가능했던 상황, 헤어진 부모·부부·형제·자식을 향한 그리움……. 이런 감정을 외국인에게 설명하는 것은 결코 쉬운 일이 아니었다. 그들이 쉽게 상상할 수 있는 차원을 넘어서기 때문이다.

그래서 이산가족 상봉의 의미를 개개인의 이야기를 통해 전할 수밖에 없었다. 예를 들면 김 아무개 할아버지는 1953년 북한군에 징집되는 것을 피해 임신한 부인을 두고 남으로 내려왔다. 2개월 후 국경이 폐쇄되는 바람에 할아버지는 부인과 태어난 아이에 대해 아무런 소식도 알 수 없었다. 세월이 흘러 주위의 권유를 못 이겨 재혼했지만, 북에 두고 온 아내와 아이를 만날 날만 손꼽아 기다렸다. 그리고 그들을 보기 전엔 죽을 수 없다는 생각으로 매일 체력 단련을 게을리하지 않았다. 이런 이야기 없이 단지 헤어진 가족을 다시 만나 기쁘다는 설명으로는 이산가족 상봉 장소가 울음바다가 되는 이유를 알 수 없고, 이틀 만에 다시 영원히 헤어지는 이들의 얼굴에 서린 한을 이해하지 못한다.

쉽게 설명한다는 것은 어떤 사실을 그만큼 깊이 있게 이해한다는 뜻이다. 어려운 전문 분야의 설명은 복사하거나 따라 하기 쉽다. 그리고 전문 분야 사람들만 이해하기 때문에 틀려도 그 그룹에서만 문제가 될 뿐이다. 그러나 쉽게 설명하면 훨씬 많은 사람이 이해할 수 있기 때문에 자신의 이해도가 대중에게 노출되기도 하고, 혹시 틀린 정보가 있다면 더 크게 질타당하게 된다. 그래서 많은 사람, 특히 전문가는 모든 문제를 어렵게 설명하는 방식을 택하는 경향이 있다. 이는 언론인도 마찬가지이다. 신문 기사가 논문같이 읽히고 방송 기사가 연구 발표처럼 느껴지는 이유가 여기에 있다.

그러나 진정한 소통은 그렇게 어렵고 복잡한 설명을 필요로 하지 않는다. 자신이 너무 얄팍하고 단순해 보이는 위험이 따르더라도 정보를 아이다호주에 사는 시골 아저씨에게까지 알기 쉽게 전하는 게 진정한 소통 능력이 아닌가 싶다. 특히 우리에 대해 잘 모르는 외국인, 곧 세계와 소통할 때는 더욱 그러하다.

기자가
되길
잘했다

기자 지망생들을 만나보면 기자가 되려는 이유가 다양하다. 카메라 앞에서 멋지게 방송하기 위해, 여러 가지 사건을 접하고 흥미로운 사람을 만나기 위해, 사회의 부조리를 고발하기 위해, 그리고 더러는 약자를 돕기 위해 저널리즘에 도전하려는 사람도 있다.

그러나 막상 기자가 되면 항상 흥미진진한 기사를 다루고, 저명인사를 만나고, 거창하게 사회 변화를 이끄는 역할만 할 수는 없다. 오히려 잡다하고 지루한 일상적 기사를 다루는 날이 많다. 같은 부류의 사람만 만나고 어떤 때는 따분한 취재를 반복적으로 되풀이하는 경우도 허다하다. 사실은 이런 날이 훨씬 더 많다. CNN 기자로 일하는 동안 북한의 일거수일투족을 지켜보고 기사로 쓰는 게 하루 일과

였던 것을 생각하면 어릴 때 꿈꾸던 종횡무진하는 기자 모습과는 딴 판이었다.

기자, 특히 방송이나 통신 기자에게는 현장감이 매우 중요하다. 현장에 나가 그곳에서 일어나는 사건을 전하는 생방송은 특파원의 역할 중 정점이라 할 수 있다. 그러나 흥미진진하고 아드레날린이 솟구치는 이런 순간은 잠시뿐이다. 오히려 그 순간을 위해 현장에서 진을 치고 기다리는 따분한 시간이 그 몇십 배, 아니 몇백 배에 달한다. 하지만 이런 기자의 드러나지 않는 시간에 대해 이야기하는 사람은 별로 없다. 특히 방송기자들은 중요한 기자회견이나 재판 결과 등 주요 일정이 예고되면 일찌감치 현장에 가서 방송 장비를 설치하고 자리도 뜨지 못한 채 기다려야 하는 인내와 고통의 시간이 시작된다. 한 CNN 선배는 우리가 하는 일을 'hurry up and wait(서둘러 가서 기다리기)'라고 정의하기도 했다.

CNN 기자로 일한 초창기에는 전두환과 노태우 두 전직 대통령의 재판 결과를 취재하기 위해 지방법원, 고등법원, 대법원 문밖에서 하염없이 기다린 시간이 있었다. CNN 시절 후반에는 6자 회담 브리핑을 위해 외무부 복도에서 몇 시간이고 기약도 없이 진을 쳐야 했다. 언제 끝날지도 모른 채 기약 없이 기다린 세월이 기자로서 보낸 시간의 대부분을 차지했던 것 같기도 하다. 그리고 이런 기다림이 이어지다 보면 가끔 내가 왜 기자가 되었는지 새삼 깨닫는 의미

있는 사건과 뉴스거리가 터지기도 한다.

예를 들면 2000년 납북자가족협의회가 결성되었다는 소식이 날아들었을 때처럼 말이다. 그런데 취재를 통해 만난 최우영 납북자가족협의회 대표는 뜻밖에도 연약해 보이는 30세 여성이었다. 동진호 선원으로 일하던 그녀의 아버지는 13년 전인 1987년 서해 백령도 부근으로 홍어 잡이를 떠났다가 납북되어 생사조차 알 수 없었다. 돌아오면 인형을 사주겠다고 약속하던 아버지 모습이 아직도 생생하다는 그녀의 이야기가 가슴에 와 닿았다. 더욱이 아버지가 납북되었음에도 불구하고 가족은 사회나 정부로부터 도움을 받기는커녕 간첩 가족이라는 취급을 당하고 공공 기관에는 취업도 못 하는 등 불이익을 받았다.

그 당시만 해도 사회 편견이 너무나 심해 협의회에 속한 납북자 가족은 7명에 불과했다. 본격적으로 북한에 납북자 송환을 요구하고, 남한 정부에 납북자 송환을 위해 더욱 노력할 것을 주장하는 목소리를 낸 것은 최우영 대표가 처음이었다. 하지만 국내 신문에 단신으로 소개된 그녀의 기사를 보고 CNN이 기사를 내보내고 나서야 많은 사람이 주의를 기울여 다른 외신과 국내 언론에서 점차 그 이야기를 다루기 시작했다.

그 뒤로도 나는 계속 그 단체의 활동 소식을 전했다. 그러던 어느 날, 김영삼 정부에서 남북한 관계 개선을 위해 남한에 있는 미전향 장기수들을 북한으로 돌려보내겠다고 발표했다. 이에 최우영 대표와 납북자가족협의회는 납북된 사람들을 돌려보내는 것도 함께 이루어져야 한다며 정부의 정책을 강력하게 반대했다. 하지만 그들의 반대에도 불구하고 2000년 9월 한국 정부는 63명의 미전향 장기수를 버스에 태워 북한으로 돌려보냈다.

그때 비무장지대로 향하는 버스가 지나가는 길가에 최우영 대표가 북한에서 납치한 아버지를 돌려보내라는 플래카드를 들고 서 있었다. 그리고 그 옆에는 CNN 카메라 기자와 내가 있었다. 하지만 비정하게도 버스는 먼지만 날리며 휙 지나갔다. 최우영 대표는 억장이 무너지는 듯 큰 소리로 눈물을 쏟으며 내 품에 안겼다. "기자님, 이제 우리 아버진 어떻게 해요? 어떻게 해요?" 흐느끼던 그 목소리를 지금도 잊을 수 없다.

내가 할 수 있는 일은 이 기사를 CNN을 통해 전 세계에 내보내는 것이었다. 당시 국내 언론은 장기수들의 북송 기사에 초점을 맞추었지만, 내 기사는 그 이면을 보여주었다. 나는 내 기사가 납북자 문제에 약간의 영향이라도 미치길 진심으로 바랐다.

한국 전쟁 당시 노근리의 대량 민간 학살에 대한 기사로 한국인으로 첫 퓰리처 상을 수상한 AP의 최상훈기자도 이러한 경우였다. 한국 신문에서는 단신으로만 다루었던 이 사건을 AP를 통해 기사화하고 또 본사와 합동으로 심층 취재를 하면서 세계의 관심을 끌게 된 것이었다.

아마도 다른 지역에서 특파원으로 활동하는 기자들은 이런 마음으로 하나의 목표와 이상을 위해 열정을 바칠 것이다. CNN 기자 크리스티안 아만푸어Christiane Amanpour가 보스니아의 인권유린에 대한 기사를 끊임없이 내보낼 때도 이런 가슴 울리는 현장을 목격했으리라 믿는다. 세상이 외면하는 이들, 세상의 어두운 그림자에 숨어 있는 이들에게 빛을 비출 때야말로 정말 기자가 되길 잘했다고 생각하는 순간이다.

김대중 대통령이 추진한 햇볕 정책의 가장 큰 성과라고 일컫는 금강산 관광의 시작은 그야말로 역사적 사건이었다. 반세기 이상 왕래가 없던 남북한의 문이 열린 것이다. 그때까지만 해도 북한이 최대 관광자원인 금강산을 남한 관광객에게 개방한다는 것은 누구도 상상하기 힘든 사건이었다. 물론 그 배경에는 소 떼를 몰고 휴전선을 넘은 고 정주영 현대그룹 회장의 의지와 대북 지원이 큰 역할을 했다.

초창기에는 북으로 가는 육로가 개방되지 않아 동해안에서 배를 타고 출발했다. 금강산으로 가는 첫 번째 배에는 실향민과 이들의 감격스러운 귀향을 보도하기 위한 기자단이 함께했다. 기자단에는 국내 주요 신문 및 방송사와 CNN 같은 외신 방송사만 포함되었다. 그 밖의 국내 신문과 잡지사 그리고 남편이 근무하던 〈뉴스위크〉 등의 외신 기자들은 두 번째 배로 금강산을 찾았다.

출발하면서부터 배 안에서는 감격스러운 장면이 펼쳐졌다. 한국전쟁 이후 처음으로 북한 땅을 밟는 실향민들은 고향에 대한 이야기를 끊임없이 쏟아냈다. 그들은 당시 비교적 젊은 여기자이던 나를 딸처럼 대하며 함께 기쁨과 회한을 나누었다. 그중에는 서울에서 유명한 식당을 운영하는 아주머니도 있었다. 금강산 인근이 고향인 그녀는 남쪽으로 시집을 왔는데, 전쟁이 나는 바람에 부모님 소식도 못들은 채 살았다고 했다. 그리고 금강산에 가면 아마도 돌아가셨을 부모님을 위해 제사를 지낼 거라며 눈물을 흘렸다. 이윽고 금강산에 도착한 그녀는 산 중턱에서 정성스럽게 준비해온 음식을 펼쳐놓고 그리운 부모님의 이름을 부르며 제사를 지냈다.

CNN 전파를 타고 전 세계로 송출된 이 이야기는 많은 시청자에게 남북 분단의 아픔을 전하는 계기가 되었다. 작은 기사였지만 전 세계에 한국의 아픔을 알릴 수 있었고, 또 통일의 당위성을 알려준 의미 있는 기사였다. 이런 의미 있고 감격스러운 기사를 위해 수많은 시간을 기다리고 또 기다리는 게 기자의 본업이 아닌가 싶다.

원칙은
지켜져야
한다

나는 'committing'이라는 영어 단어를 좋아한다. 사전을 찾아보면 '공약하다', '약속하다'라는 뜻이다. 하지만 내가 보기엔 '무언가에 올인한다'는 의미가 더 정확한 것 같다. 그리고 한국어에서 싫어하는 단어 중 하나는 이와 반대말인 '대충'이다.

나는 인생에서 다양한 역할을 맡아왔으며, 지금도 맡고 있다. 엄마, 아내, 며느리, 딸, 기자, 대변인, 사장, 교수. 이런 다양한 일을 얼마나 잘해왔는지에 대한 평가는 엇갈리겠지만 주어진 역할에 대해서는 언제나 올인했다고 자부한다. 지금 생각하면 대충 넘겨도 될 정도의 일에서도 지나치게 집착한 경우도 있었던 것 같다.

조직이나 사람에게 원칙을 지킨다는 것은 언제나 중요하다. CNN

기자로 일하면서 조직에 대해 배운 점이 많다. 자신들이 만든 원칙에 대해서는 지나치다 싶을 정도로 철저하게 지키는 것을 많이 보았다. 그중 하나가 기자들의 안전이었다. 물론 기자가 현장에서 다치면 회사가 받을 경제적 타격도 고려한 인치이지만, 그래도 기자의 안전을 위해 투자를 아끼지 않는 회사 방침은 존경할 수밖에 없다.

2000년대에 접어들어 기자들이 심각한 분쟁 지역으로 투입되면서 위험에 처하거나 부상, 심하면 사망하는 경우가 늘어나고 있다. 특히 미국이 주도하는 '테러와의 전쟁'을 취재하기 위해 파견된 종군기자들의 위험은 아주 높아졌다. 이에 CNN에서는 한층 철저한 방법으로 안전 교육을 시켰다. 안전 관련한 간단한 설명서를 나누어 주는 정도가 아니라 영국 특전사 출신 교관들을 채용해 전 세계를 돌아다니며 3박 4일 합숙 훈련을 시키는 아주 철저한 프로그램이었다. 몇 년마다 재교육을 받지 않으면 현장에 투입하지 않는다는 원칙을 세울 정도로 철저히 관리했다.

아시아 지역의 기자, 프로듀서, 카메라 기자들은 호주에서 교육을 받았는데 붕대 감기, 지혈, CPR 등 주로 현장에서 사용할 수 있는 응급처치 방법을 배웠다. 그중 가장 기억나는 것은 현장에서 응급처치를 할 때는 상대방이 아니라 자신의 안전을 먼저 고려해야 한다는 원칙이었다. 현장에서 동료가 다쳤더라도 위험 요소가 사라지거나 그 동료를 안전한 곳으로 대피시키지 않았다면 응급처치를 할 수 없다는 아주 간단하지만 중요한 원칙이다. 비행기를 타면 산소마스크를 다른 사람에게 씌워주기 전에 자신이 먼저 착용하라는 지시와 비슷한 맥락이다. 그 밖에 재난 지역에서 식수를 구하는 방법, 갑작스럽게 발생한 치통의 대처 방법 등 실제 상황에서 활용할 수 있는 응급처치법을 배웠다.

무기에 대해서도 교육했다. 이를테면 각종 무기가 어떤 방식으로 작동하며, 그에 따라 어떤 방식으로 피해야 하는지 등을 가르쳐주었다. 그리고 지도와 나침반 읽는 방법, 지도가 없을 때 하늘이나 별을 보고 방향을 찾는 법, 주위의 나무나 지표 보고 길 찾아가기 등을 하루 동안 호주의 숲을 돌아다니며 익히기도 했다.

마지막으로, 당시 흔히 일어나던 납치 상황에 대해서도 교육했다. 납치를 하는 사람의 목적, 납치 예방법, 납치되었을 때 살아남는 행동 요령 등 여러 가지 교육 중 가장 중요한 것 한 가지는 납치범들을 헷갈리게 하지 않는 것이다. 예를 들면 영어를 못 한다고 했으면 끝까지 못 해야지 중간에 들키면 죽을 확률이 높다는 것이다.

실제 상황처럼 납치극을 펼쳐 훈련하기도 했다. 날이 어둑해지자 밀림 속에서 총소리가 들리고 마스크를 쓴 교관들이 우리를 총으로 위협하며 납치했다. 우리는 각자 역할을 맡았는데, 나는 카메라 기자의 '영어 못 하는 아내'였다. 교관들이 어떤 위협을 하더라도 나는 "영어 못 해요"로 일관했고, 점차 히스테리를 부리며 정신 나간 사람처럼 행동했다. 무릎을 꿇고 있다가 몸을 앞뒤로 흔들며 한국말로 중얼거리자, 교관 하나가 내 귀에 대고 "괜찮아요?" 하고 물었다. 내가 너무 역할에 몰입해 정말로 정신이 이상해졌는지 걱정되었다고 했다. 그 덕분에 납치범들은 나를 제일 먼저 풀어주기로 했고, 나는 그 훈련에서 최고의 참가자로 인정받았다. 무슨 일이든 대충 했다가는 얻으려는 것을 얻지 못할 뿐 아니라 죽을 수도 있다는 사실을 다시 확인하는 계기였다.

우리 사회에서는 아직도 너무나 중요한 일을 대충 하고 지나가는 경우가 많다. 내가 교육받고 돌아온 지 1년도 되지 않아 어느 한국 방송사의 후배 여기자가 중동에서 발생한 한국인 선교사 납치 사건을 취재하러 간다며 인사를 왔다. 사전 경험도 없을뿐더러 안전 교육도, 현장에서 제대로 된 신변 안전 조치도 없이 무작정 떠난다고 했다. 말리고 싶었지만 그런다고 상황이 바뀔 리 없었다. 무책임한 그 방송사를 원망할 수밖에 없었다. 그래서 내가 갖고 있던 안전 관련 자료를 건네주며 조심하라는 말만 하고 보냈다. 다행히 무사히 취재를 마치고 돌아왔지만, 막연하게 '괜찮겠지' 하는 대충대충 태도가 언젠가는 큰 사고로 이어질지도 모른다는 걱정이 앞섰다.

기본을 무시한 이런 '대충'의 예는 너무나 많다. 자꾸 미국과 비교해서 좀 그렇지만, 내 경험의 한계가 그러하니 독자들도 이해해줄 거라 생각하며 또 한 가지 사례를 소개한다. CNN이 미국 방송이다 보니 DMZ나 전방 취재를 할 때는 미군의 도움을 받는 경우가 많았다. 주로 미군 트럭이나 헬기를 타고 현장에 도착하면 매번 미군 헬기에 탑승하는 요령은 동일했다. 안전벨트를 단단히 매고 귀를 보호하기 위해 귀마개나 헤드폰을 착용한다. 그리고 함께 탑승한 미군이 모든 안전 사항을 꼼꼼히 직접 확인한 후에야 헬기를 띄운다. 잠시 주유하기 위해 착륙했다 뜨더라도 이 과정을 생략하는 법이 없다.

몇 년 전 국군의 헬기를 처음으로 탈 기회가 있었다. DMZ를 따라 아름다운 자연을 촬영하는 프랑스 사진 기자를 취재하기 위해 헬기 탑승 허가를 받은 것이다. 미군 헬기를 탈 때는 안전벨트를 단단히 매고 절대 위험한 행동은 하지 말라는 주의를 항상 들었는데, 이번 분위기는 사뭇 달랐다. 안전벨트를 착용하라는 간단한 지시만 받고 곧장 출발했다. 목적지에 다가오자 카메라 기자는 길게 늘어진 안전벨트같이 생긴 끈을 허리에 맸다. 그런데 이게 무슨 일인지, 끈이 헬기에 붙어 있지 않았다. 그냥 허공에 떠 있는 끈이었다! 그런데도 동승한 한국 군인은 촬영해도 좋다며 헬기 옆문을 열어주었다. 카메라 기자와 나는 당황해서 어찌해야 할지 몰랐다. 헬기를 타본 사람은 알겠지만, 헬기는 기류를 심하게 타서 흔들림이 보통 비행기와는 차원이 다르다. 안전 끈 없이 열린 문밖으로 몸을 내밀고 촬영하는 것은 자살행위나 다름없는 일이었다. 나는 반대했지만 카메라 기자는 기류가 잠잠하다면서 결국 작업을 진행했다. 몇 시간 동안 나는 그의 안전 끈 한쪽을 붙잡고 초긴장 상태에서 비행했다. 대충의 결과는 운이 좋으면 그냥 넘어가는 정도이겠지만, 그렇지 않을 경우에는 대개 악이 일어난다는 사실을 결코 잊어서는 안 된다.

반면, 무엇에든지 올인하면 시간이 더 걸리더라도 긍정적 결과가 나온다. 드물지 않게 초능력이 생기기도 한다. 누가 했는지는 기억나지 않지만 "인생을 열심히 살다 보면 언젠가는 하나의 초능력이 생긴다"라는 말이 있다. 나는 대학 시절부터 영어 철자 고치기 아르바이트를 하도 철저히 해서 정말 초능력이 생겼다. 글자를 보면 틀린 철자들이 내 눈에만 보이게 공중 부양하는 것이다. 이 초능력으로 젊은 시절 레스토랑에서 메뉴 철자를 봐주고 공짜로 먹은 수프가 한두 그릇 아니다.

모든 것을 건다는 건 쉽지가 않다. 같은 일을 해도 시간과 돈이 더 많이 소요된다. 그렇게 하지 않아도 문제가 생기지 않고 누가 지적하지도 않는다며 오히려 쓸데 없는 일을 한다고 비난받기 십상이다.

그러나 어쩌다 생길지도 모르는 사고에 대비하고, 알아주지 않아도 스스로의 잣대에 따라, 무슨 일이든 꼼꼼하게 최선을 다하는 태도는 결코 헛된 것이 아니다. 더 많은 사람이 무모하게 목숨을 잃을 일도 없고, 더 많은 재산을 탕진할 일도 일어나지 않을 것이며, 더 많은 사람이 더 많은 초능력의 혜택을 받을 뿐이다.

Part. 4

인생은 소통이다

소통이란
상대가
듣고 싶은 얘기를
들려주는 것

강의에서나 토론에서나 이제 '소통'이라는 주제는 별로 흥미롭지 못하다. 그러나 소통이 우리 일상에 얼마나 지대한 영향을 미치는지 사람들은 아직 잘 모르는 것 같다. 어쩌면 이러한 현상도 소통이 부족한 탓이 아닐까 싶다.

어린 시절 가슴 아픈 경험을 한 적이 있다. 내가 다닌 고등학교에는 영어 웅변대회를 준비하는 반이 따로 있었다. 지역 또는 전국 대회에 참가하기 위해 영어 원고를 쓰고 외우는 과정을 열심히 준비하는 모임이었다. 초등학교를 대부분 미국에서 다닌 나는 이 반에 들어가 열심히 활동했다. 모임에서 처음으로 한 일은 내가 중요하다고 생각하는 주제에 대해 원고를 쓰는 것이었다. 나는 당시 환경에 관심이 많아 지구를 보존하고 보살펴야 한다는 열띤 주장을 담은, 나로서는 중요한 원고를 준비하고 있었다. 그 반에는 영국에서 살다 귀국한 친구가 있었는데, 그 애가 준비하는 원고의 주제는 '줄을 서자'였다. 요컨대 공공장소에서 질서를 지키기 위해 줄을 서자는 얘기였다. 제목도 단순히 'Let's Queue Up'이었다(내 원고 제목은 잊어버렸는데 그 친구의 원고 제목이 기억나는 것을 보면 상당히 큰 정신적 충격을 받았던 것 같다). 나에게는 그 친구의 주제가 유치하고 의미 없어 보였다. 고등학생 정도면 '질서 지키기'보다는 '환경을 살리자'는 심오한 주제가 더 적합하다고 생각한 것이다.

친구와 나는 각자의 원고로 영어 웅변대회에 나갔다. 나도 좋은 반응을 얻었지만 친구가 매력적인 영국 발음으로 발표한 'Let's Queue Up'도 심사위원의 호평을 받았다. 그 친구와 나는 그해에 출전하는 거의 모든 웅변대회에서 일등과 이등을 번갈아가며 휩쓸었다. 최고 중 최고라고 인정받는 〈코리아 헤럴드Korea Herald〉 대회에 함께 참가했을 때도 역시 막상막하의 열띤 주장 끝에 그 친구가 대통령상, 내가 국무총리상을 받았다. 결국은 내가 지고 만 것이다.

물론 당시의 내 실망은 말할 수 없이 컸다. 하지만 사실 불평할 일도 실망할 일도 아니었다. 친구와 펼친 경쟁은 나에게 큰 교훈을 주었다. 나는 내가 사람들에게 하고 싶은 말만 생각했다. 물론 이게 나쁘다는 것은 아니다. 하지만 의미 전달을 목표로 하는 웅변 원고로는 적합하지 않았다. 반면 그 친구는 듣는 사람이 공감할 수 있는 쉽고 단순한 주제를 선택했다. 그 친구의 승리로 내 짧은 웅변 경력이 끝난 것은 당연한 일이었다.

사회에서 어떤 직업을 갖더라도 소통하는 자세는 중요한 자질이다. 학생을 가르치는 교사, 커피를 만드는 바리스타, 시장에서 스카프를 파는 장사꾼 중에서도 상대의 공감을 얻어내는 방법을 터득한 사람은 어딘지 모르게 다르다. 상대가 무엇을 원하고 어떻게 하면 그 욕구를 충족시켜줄 수 있는지 고민하는 사람은 성공할 수밖에 없다.

수십 년간 기자로 살아오다가 홍보하는 사람으로 역할이 바뀌면서 나 역시 공감을 얻어내는 깨달음을 얻었다. 내가 청와대에서 해외 홍보 비서관으로 일할 당시 한국은 2018년 평창 동계올림픽 유치를 위한 세 번째 도전에 성공했다. 당시 평창 동계올림픽 유치 프레젠테이션을 하기 위해 남아프리카공화국 더반에 도착했을 때 우리가 극복해야 할 여러 문제가 불거졌다.

한국의 동계올림픽 유치를 위해 정부뿐 아니라 삼성 등 대기업도 로비 활동을 활발히 전개하고 있었는데, 몇몇 대기업 총수가 비자금 등의 스캔들로 재판 또는 세간의 의혹을 받고 있는 상황이었다. 외신의 시각에서 보면 이러한 비리 총수들이 운영하는 재벌 기업이 국가의 로비스트로 전면에 나서는 건 분명 문제가 있었다.

외신과 대화를 나누면서 나는 이런 불신을 체감했는데, 이 '점이 한국에 불리하게 작용할 수 있겠다는 걱정이 생겼다. 그래서 청와대의 체육 담당 비서관을 설득해 외신 브리핑을 준비했다. 보통 브리핑은 어떤 활동에 대한 홍보, 즉 정보를 내보내기 위해 하는 것이다. 따라서 당시 그 비서관은 한국의 평창 동계올림픽 유치에 대한 홍보를 기대하고 응했을지도 모른다. 그러나 내가 생각한 브리핑 내용은 그게 아니었다. 외신에서 진정 궁금해하는 이슈에 적극 대응해야 했기 때문이다.

비서관은 기업인이나 기업의 로비 활동이 문제가 될 수 있다는 내 주장에 반신반의했다. 하지만 나는 외신 입장에서 그들이 의아해하고 궁금해하는 것, 즉 기업들의 활동을 한국 상황에서 어떻게 이해할 수 있는지 설명하는 데 집중했다. 특히 그들이 유치 활동을 한다고 해서 면죄부가 생기는 것은 아니라는 점을 피력했다. 아울러 기업들의 활동은 단지 그들의 국제적 지위와 자발적 애국심에서 비롯된 것이라고 강조했다.

역시 예상한 대로 브리핑 자리에 모인 외신 기자들은 대기업과 비리 총수에 대한 질문을 쏟아냈다. 체육 담당 비서관은 생각지 못한 외신들의 비상한 관심에 놀라움을 감추지 못했다. 물론 이 브리핑을 했다고 해서 외신들이 그 문제를 그냥 넘긴 것은 아니다. 그러나 우리의 적극적 설명 덕분에 크게 확대되지 않고 조용히 넘어갔다고 생각한다. 만약 우리가 무엇을 홍보할 것인지에만 집중하고 상대방이 원하는 것을 무시했다면 아마 불가능한 일이었을 것이다.

상대와 공감하려는 자세는 지위 고하를 막론하고 반드시 필요한 자질이다. 역사는 이명박 대통령을 어떻게 평가할지 모르지만 그와 함께 국제 행사에 참여해본 거의 모든 사람은 그의 국제적 소통 능력에 감탄한다. 그 소통 능력 덕분에 재임 기간 동안 국제 행사만 해도 평창 동계올림픽을 비롯해 G20 정상회의, 핵안보정상회의 그리고 국제기구인 녹색기후기금Green Climate Fund 등을 유치하는 데 성공했다. 물론 그 주변 인물과 조직들이 큰 역할을 했겠지만, 이 대통령 자신도 개인적으로 단단히 한몫했다고 나는 믿는다.

특히 이 대통령이 남아프리카공화국 더반에서 평창 동계올림픽 유치를 위해 수많은 IOC 위원을 한 사람 한 사람 직접 만나 개별적으로 설득 작업을 벌인 것도 큰 도움이 되었다고 생각한다. 대통령이 직접 나서서 격의 없이 대화하는 모습은 IOC 위원들에게 좋은 기억으로 남았다.

또 한 가지 기억나는 게 있다. 유치위원회에서 IOC 위원들에게 설득 편지를 보낼 계획을 세웠는데, 처음에는 모두에게 똑같은 편지를 일률적으로 쓸 생각이었다. 이 얘기를 들은 대통령은 그 자리에서 각 위원들에게 서로 다른 맞춤형 편지를 보내라고 지시했다. 위원들 각자의 사정을 파악하고 거기에 맞는 내용으로 편지를 보내면 훨씬 더 감동적이고 설득력도 있을 거라는 얘기였다. 이는 내가 크게 공감한 부분이기도 하다.

　사람들은 소통의 시작은 듣는 것이라고 말한다. 그러나 '듣다'라는 말로는 '듣기'라는 행동의 다차원적 의미를 설명할 수 없다. 영어로도 listen은 단순히 다른 사람의 이야기를 듣는다는 의미이다. 그러나 여기서 우리에게 필요한 것은 단순한 listen이 아니라 hear이다. 영화 〈아바타〉에서 행성 판도라의 토착민 나비Na'vi족의 세계에 접근하는 주인공은 처음에 인간의 눈으로 그들을 보고 그들을 평가한다. 그가 나비족 여전사를 사랑해 도우려 해도 잘 받아들여지지 않는다. 아직도 인간의 입장에서 생각하고 행동하기 때문이다. 그러다 어느 순간 그들 입장에서 그들을 이해하게 된다. 그들의 세계를 진심으로 받아들인 것이다. 그리고 그제야 진정 그들을 도울 수 있었다. 그 순간 그는 사랑하는 나비족 여전사에게 "I hear you"라고 말한다. 이것이 소통이다.

상대를
이해하려는 노력이
소통의 시작

G20 서울 정상회의 대변인으로 자리를 옮긴 후 나는 지난 5년간 한국의 홍보 도우미로서 여러 가지 일을 했다. G20 서울 정상회의가 끝난 후에는 청와대 해외 홍보 비서관으로 보다 구체적이고 체계적으로 한국을 널리 알리기 위해 노력했다. 한국의 대외 이미지를 관리하고 평창 동계올림픽을 유치하기 위해 대통령과 함께 국제적 홍보전에 참여했다. 아리랑 국제방송 사장으로 한국의 뉴스와 문화를 잘 포장해 전 세계 1억이 넘는 시청 가구에 전달하고자 했다. 지난 1년간은 이화여자대학교 초빙교수와 남가주대학University of Southern California 방문 학자로서 한국의 홍보와 대외 이미지를 개선하기 위한 연구에 몰두했다.

어찌 보면 지난 5년은 이전 25년간 한국을 비판적으로 해외에 알린 것에 대한 보상의 기간이었던 것 같다. 요컨대 내 보도로 인해 다소나마 손상받았던 한국의 대외 이미지를 복구하는 속죄의 기간이었다. 그러나 아직 충분한 것 같지는 않다. L.A 남쪽 어바인에서 이 글을 쓰고 있는 지금도 미국 언론에 나타난 한국 모습은 아직도 그 역동성을 충분히 인정받지 못하고 있다. 이제 과거의 어두운 측면은 많이 사라졌지만 그렇다고 새롭게 밝은 모습이 미국 여론에 반영되지도 않았다. 재작년 싸이의 '강남 스타일'로 한국의 역동성이 반짝 조명을 받다가 이제는 다시 무대 뒤로 사라져가는 느낌이다.

발전된 한국이 해외에서 충분히 인정받지 못하는 이유는 무엇일까? 아마도 우리의 소통 능력 부족 때문일 것이다. 특히 국제적 커뮤니케이션, 즉 해외 소통 능력이 떨어지기 때문이다. 사실 이는 지난 30년간 외국에 한국을 알리고 소통하는 일을 해오면서 내가 가장 절실하게 느낀 점이다. 이는 단지 언어 실력이 부족해서가 아니다. 요즘 젊은이들을 보면 상당한 영어 실력을 갖추고 있다. 그러나 더 중요한 것은 우리와 다른 문화 또는 다른 국적의 사람들을 이해하고 이들과 소통할 수 있는 능력이다. 이 능력을 키우는 게 한국이 좀 더 세계로 나아가고, 한국 젊은이가 좀 더 세계 무대에 진출할 수 있는 지름길이다. 한국 음식을 예로 들어보자. 최근 한류 인기에 힘입어 한식이 세계 곳곳에서 각광받고 있다. 한식 식당도 많아지고 한식의 재료와 맛에 대한 관심도 어느 때보다 높다. 이런 한류 덕을 보는 사람은 누구일까?

청와대에서 해외 홍보 비서관으로 있으면서 대통령의 해외 순방을 자주 수행했는데, 한번은 독일 순방 중 현지에서 한식으로 성공한 젊은이가 있다는 소식을 들었다. 그 음식점은 베를린의 최고 인기 한식당 '김치 프린세스Kimchi Princess'였다. 주인인 젊은이는 한인 2세로 독일 친구들과 함께 한국의 고깃집과 독일의 호프집 분위기를 믹스한 식당으로 현지인들을 사로잡았다. 음식 전문가는 아니지만 현지인의 취향을 정확히 파악한 결과였다. 또 미국 L.A.에 갔을 때는 로이 최Roy Choi를 모르면 간첩이라고 했다. 한식 푸드 트럭으로 미국인들의 입맛을 사로잡은 로이 최는 한식의 철학이나 역사를 내세운 것이 아니라, 한국인 이민자로서 그의 경험을 바탕으로 요리했다. 이런 이야기를 책으로 발간해 미국에서 베스트셀러가 되면서 그의 명성은 더욱 높아졌다. 우리는 외국에 한국을 소개하려고 하면 언제나 최고 · 최상의 것을 준비한다. 그러나 이것은 우리가 생각하는 그들의 취향이지 진짜 그들이 좋아할 지에 대해서는 연구하지 않는다. 우리의 IT, 경제, 기술, 교육 역시 마찬가지이다. 그들이 원하는 것을 생각할 때 소통은 시작된다.

하지만 현실은 그렇지 못하다. 몇 년 전 세계를 주름잡고 있는 한국의 한 IT 기업 최고 경영자에게서 연락이 왔다. 매년 초 미국 라스베이거스에서 열리는 국제전자제품박람회Consumer Electronics Show에 나가 신제품 발표회를 해야 하는데, 어떻게 준비해야 할지 몰라 도움을 청한 것이었다. 영어로 발표해야 하는 부담도 있지만, 한국 경영인들은 평소 대중 앞에 서는 경험이 없기 때문에 더욱 어려웠을 것이다. 애플의 스티브 잡스나 토머스 쿡 같은 CEO들이 수많은 청중 앞에서 능숙한 신제품 발표회를 하는 것을 보면 주눅이 들 만도 하다. 그래서 나름대로 이 경영자를 돕기 위해 애썼지만 기본적으로 뒤떨어진 소통 능력 때문에 쉽지가 않았다. 근본 문제는 연설 원고였다. 화려한 라스베이거스의 무대에서 수백 명의 관중을 사로 잡을 내용이 아닌, 회사가 알려주고 싶은 내용만 나열한 전형적인 한국형 연설문이었던 것이다. 한국에서조차 아무도 듣고 싶지 않은 그런 설명들의 연결이었다.

나는 앞으로 내가 할 일이 더 많다는 생각이 든다. 세계와 좀 더 효과적으로 소통하고 한국을 좀 더 세련되게 해외에 알리고 싶은 것이 내 욕심이다. 그러나 이 일을 나 혼자 할 수는 없다. 무엇보다 세계로 나아가려는 젊은 세대의 도움과 참여가 필요하다. 긍정적이든 부정적이든 한국을 세계에 알리는 데 지난 30년을 보낸 나로서는 이 일을 보다 잘할 수 있는 세대는 젊은이들이라고 믿는다. 전쟁과

가난에 찌들어 패배 의식에 젖은 기성세대가 아니라, 자유와 풍요와 가능성을 보고 자란 젊은 세대가 이 일을 한다면 훨씬 더 효과적일 것이다. 해외에 희망의 메시지를 전달하며 밝고 힘찬 한국 모습을 세계에 전하는 일에 젊은 세대가 앞장서고, 내가 뒤에서 조금이나마 힘을 보태줄 수 있길 바란다.

입장을 바꾸면
상대가 원하는 것이
보인다

사람들은 흔히 "입장 바꿔 생각해봐"라고 말한다. 그렇게 해야 진정 상대를 배려할 줄 안다는 뜻일 것이다.

내 커리어의 가장 극적인 '입장 바꾸기'는 25년간 기자 생활을 하다가 G20 서울 정상회의 대변인으로 변신한 2010년에 일어났다. 〈뉴욕 타임스〉와 CNN을 거치면서 한국의 나쁜 소식을 세계에 전하는 역할을 '속죄'한다는 마음으로 수락한 대변인 자리이지만, 막상 맡고 보니 내가 과연 잘 해낼 수 있을까 하는 두려움이 앞섰다. 더욱이 주로 정치와 북한 문제를 15년 넘게 취재하다가 국제 경제, 국제 금융에 괸힌 회의를 대변하려니 막막했다.

삼청동 G20 준비위원회 사무실에 첫 출근하던 날이 기억난다. 아는 사람 하나 없는 곳에 도착해 인사를 하고 짐을 풀다 보니 어느새 12시가 되었다. 그런데 갑자기 온 빌딩의 불빛이 어두워지고 조용해졌다. 무슨 소방 훈련이라도 하는 줄 알고 복도로 나갔더니 아무도 없었다. 빌딩 안이 거의 비어 있었다. 심지어 옆 사무실은 잠겨 있기까지 했다. 깜짝 놀라 청소하는 아주머니에게 다들 어디 갔느냐고 물었더니 이상하다는 듯 쳐다보면서 이렇게 말하는 것이었다. "점심 먹으러 나갔잖아요!"

거의 혼자 기자 생활을 15년 넘게 하다 보니 정오에 맞춰 점심을 먹는 경우가 드물었다. 취재원과 약속이 있는 날을 빼고는 오히려 바쁜 점심시간을 피했다. 그러니 정확히 12시에 맞춰 몰려 나가는 회사 문화에 놀란 것이다. 사소한 일이지만 그때 나는 내가 얼마나 다른 세상에 들어왔는지, 내가 얼마나 큰 변화를 겪어야 하는지 깨달았다.

그날부터 나는 G20에 대한 모든 문건과 발표 자료를 공부하기 시작했다. G20뿐 아니라 G20에서 다루는 안건, 국제 금융 위기의 원인과 영향, 극복 방법, 국제 금융 안전망, IMF 운영 방식, 세계 경제 발전 등등. 남들이 점심을 먹으러 나갈 때도 공부했고, 퇴근 시간이 지나서도 혼자 남아 자료를 들췄다.

그러나 기초가 없는 상태에서 복잡하고 깊이 있는 국제 금융 문제를 이해하는 것은 무리였다. 옆방에 있는 재무부 출신의 국내 대변인에게 하루에도 몇 번씩 학생이 선생에게 질문하듯 이것저것 물으러 가곤 했다.

경제 지식을 떠나 나만의 노력이 더 필요다고 생각해 시작한 것이 G20 국가들의 인사말을 다 배우는 것이었다. 일주일에 1개국의 인사말을 칠판에 써놓고 그것을 일주일 내내 연습했다. 각국의 기자들을 상대할 때 최소한 그들 모국어로 인사할 줄 알아야 대변인으로서 그들을 배려하는 것이라는 취지에서 시작한 일이었다.

첫 주는 비교적 쉬운 프랑스어, 둘째 주는 일본어…… 이런 식으로 각 나라의 인사말을 연습했다. 사람들은 갑자기 "나마스티에!" 하고 힌두어로 인사하는 나를 이상하게 보기도 했지만, 나는 나름 국제 경제 공부보다는 진도가 잘 나가고 있다고 생각했다. 하지만 불행히도 러시아어에 이르러 내 외국어의 한계를 느꼈고, 결국 6개국 인사말을 배우는 데 그치고 말았다.

첫 공식 기자회견은 청와대 춘추관에서 대변인으로서 인사를 하는 것이었다. 얼마 전까지도 동료이던 기자들이 어쩌면 그렇게 무서워 보였는지 모른다. 다행히 그날은 인사만 하는 자리인지라 어려운 질문 없이 넘어갈 수 있었다. 그러나 정말 긴장한 자리는 서울 정상회의 6개월 전, 캐나다 토론토에서 열린 G20 회의장에서 행하는 다음 회의에 관한 기자회견이었다.

토론토 정상회의가 끝나는 날, 서울 정상회의의 어젠다와 진행 방식을 설명하는 기자회견을 하는 자리였다. 대변인을 맡은 지 3개월이 되었으니 자신 있게 해내야 할 임무였다. 그 자리에 모인 세계 각국의 언론인들은 다음 G20 정상회의 주제에 대해 묻기도 했고, 한국이 회의를 치른다는 사실 자체에도 관심이 많았다. 당시 캐나다는 정상들의 신변 보호를 위해 지나치게 교통을 통제했다는 비난을 받고 있었다. 우리는 서울 정상회의에서의 안전 대책에 대한 질문이 나올 거라 예상했는데 예상은 적중했다. 그리고 토론토 정상회의는 예산을 너무 많이 썼다는 질타를 받았으니 예산에 대한 질문이 나올 것이 분명했다. 우리는 예산 규모가 훨씬 작았지만 예산 구조가 달라 직접 비교할 수 없다는 솔직한 설명으로 위기를 무사히 넘겨 비교적 성공적으로 회견을 끝냈다. 기자들의 질문을 예상해 내 나름 철저하게 준비한 덕분이었다.

하지만 이런 초심을 잃은 경우도 있었다. 서울 G20 정상회의를 마치고 다시 청와대 해외 홍보 비서관으로 자리를 옮겼을 때 일이다. 한동안 청와대의 업무 방식을 익히고 내 역할을 조정한 후 나는 이 정부의 첫 해외 홍보 비서관으로서 정기 외신 기자회견을 열기로 결심했다. 그동안 정기 외신 브리핑은 정부 부처에서 간간이 한 적은 있지만, 청와대에서 개최한 경우는 한 번도 없었다.

회견 장소는 출입 절차가 불편한 청와대보다는 시청 앞에 있는 외신기자클럽에서 하기로 했다. 서울 외신기자클럽 회장을 역임한 바 있는 나는 나름 친정에서 업무를 보는 편안한 마음으로 기자회견에 임했다. 그러나 옛 동료들은 프로였다. 당시 외신들 사이에서는 한국 정부가 대북 정책에 대해 일관적이지 않은 입장을 취한다는 의견이 비등했다. 이에 기자들은 각 부처에서 대북 문제와 관련해 취하는 입장과 태도에 대해 질문하면서 청와대의 의견을 요구했다. 청와대에서 해외 홍보 비서관이 왔으니 당연한 일이었다.

나는 기본 자료를 숙지하고 예상 답변을 준비했지만 방심했다. G20의 첫 춘추관 기자회견 때처럼 인사를 나누고 기본 질문만 주고받을 것이라는 안이한 생각을 한 것이다. 국내 언론이라면 가능한 일인지 모르겠으나, 시간을 다투는 그리고 청와대 입장을 들을 기회가 거의 없는 외신 기자들로서는 한가하게 인사만 주고받을 처지가 아니었던 것이다.

그들은 내가 하는 한마디 한마디를 꼬치꼬치 따졌다. 예를 들면 이런 식이었다. "지금 비서관이 하는 얘기는 ×월 ××일 통일부 대변인이 브리핑한 내용과 다른 것 같습니다. 어떤 것이 한국의 공식 입장입니까?" 진땀이 났다. 마이크를 끄고 도망치고 싶은 마음이 굴뚝같았다. 그러나 나는 최선을 다해 납변하고 정말 모르는 것에 대해서는 추후 알려주겠다는 말로 마무리했다. 우여곡절 끝에 기자회견이 끝난 후 외신 기자들은 "아마 저 비서관은 두 번 다시 이런 자리를 마련하지 않을 거야"라는 농담을 하면서 돌아갔다.

곰곰 생각해보면 나도 CNN 특파원 시절에는 그랬다. 국내에서는 당연하게 여기는 정책이 외국의 시선으로는 합리적이지 않은 경우가 많다. 앞에서도 예를 들었듯 2018년 평창 동계올림픽을 유치할 당시 한국 정부는 대기업 총수들을 동원했다. 그들의 과거 잘못을 만회할 기회를 주기 위해서 말이다. 하지만 과거 범죄 경력이 있는 자들을 국제 행사 유치에 활용하는 걸 좋게 볼 외국 언론은 거의 없었다.

나는 그 첫 브리핑에서 귀한 교훈을 얻었다. 과거 외신 기자로 일할 때 경험을 살려 철저하게 준비했어야 하는데 너무 국내적 시각으로만 대비한 것이다. 즉 미리 예상 질문을 받고, 순서대로 돌아가면서 질문한 다음, 추가 질문 없이 끝내는 얌전한 국내 기자회견을 생각한 것이다. 그날로 우리 팀은 작전을 바꿔 각 부처와 청와대 대변인의 브리핑을 모으고 분석했다. 정치, 사회, 경제 모든 분야에 대해 외신이 물었을 경우의 답변을 준비하고 또 매주 우리가 '푸시push'할 어젠다를 설정했다. 사소하게는 청와대 뒷동산의 사슴이 새끼를 낳았다는 소식까지도 준비했다. 그리고 매주 수요일 같은 시간, 같은 장소에서 외신이 한 명 참석하든 50명이 참석하든 계속 브리핑을 했다.

그렇게 시간이 흐르자 처음 나를 곤란하게 만든 외신 기자들은 질문에 정성을 다해 답변하는 나를 보고 비서관인 나는 물론 정부에 대해서도 신뢰와 긍정적 자세를 갖게 되었다.

자신이 원하는 것을 어떻게 이룰지에 대한 생각을 너무 하다 보면 답이 안 나오는 경우가 많다. 그러나 입장을 바꾸어보면 우리가 남을 위해 무엇을 해야 하는지 보이고, 또 그것이 우리가 원하는 것을 얻는 지름길이라는 사실을 깨닫는 경우도 많다.

맨 처음 브리핑에서 나는 이미 내가 원하는 장면을 머리에 그리고 있었다. 그러기에 '내가 이렇게 하면 상대가 만족하겠지?' 하는 나 중심의 자세로 준비할 수밖에 없었다. 그러나 기자들 입장이 되어, 그들이 나에게 무엇을 원할 것인지 생각하고 준비하다 보니 준비 내용이 완전히 달라졌다. 그리고 시간이 지날수록 상대도 점점 더 나를 향해 신뢰를 보이고, 마음을 여는 것이 느껴졌다. 입장을 바꾸어 생각한다는 것, 관점을 바꾸어본다는 것이야말로 내가 상대에게 원하는 것을 얻어낼 수 있는 지름길이다. 평상시에도 알고 있는 상식이었지만, 현실에서 깨닫기까지 조금 먼 길을 돌아온 것 같았다.

문화를
이해하면
전 세계가
나의 일터가 된다

내가 좋아하는 책 중 하나는 김우중 전 대우그룹 회장이 쓴 《세계는 넓고 할 일은 많다》이다. 솔직히 말해서 특별히 기억에 남는 내용은 없지만, 제목이 주는 이미지와 그가 펼쳤던 세계 경영의 꿈이 지금껏 내 가슴에 와 닿는다. 한국 경제는 그런 꿈을 안고 세계로 뛰쳐나간 젊은이들이 이룩한 것이라고 해도 과언이 아니다.

또 하나 외국인에게 한국인의 도전 정신을 설명할 때 빼놓지 않는 이야기가 바로 고 정주영 회장의 일화이다. 배를 지을 조선소도 없는 상황에서 첫 선박을 수주하고, 이에 필요한 해외 자금을 받아낸 이야기는 너무나 유명하다. 뜨거운 중동의 사막에 다리를 놓고 길을 닦고 공장을 짓기 위해 수많은 한국 젊은이와 함께 고군분투했던 이야기는 또 어떤가. 일흔이 넘은 나이에 남북 화해를 위해 소 떼를 몰고 DMZ를 건넌 이야기의 주인공 또한 정주영 회장이다.

여든을 바라보는 나이에 정주영 회장은 대통령이 되고자 했다. 가회동에 있는 그의 자택에서 기자회견을 할 때가 기억난다. 때는 1990년대 초반, 국내 기자뿐 아니라 외국 기자도 많이 참여해 그 저택의 정원에는 발 디딜 틈이 없었다. 나를 포함해 그곳에 모인 기자들 대부분은 정주영 회장이 대통령에 당선될 가능성은 별로 없다고 생각했다. 그러나 주위에서 아무리 말려도 굽히지 않는 정주영 회장의 의지에는 모두가 혀를 내두르며 감탄했다. 이제 은퇴해 편안하게 증손주들 재롱이나 보며 여생을 보내야 할 나이에 챙 넓은 농사꾼 모자를 쓰고 DMZ를 넘나들고, 대통령으로서 국가를 운영할 청사진을 그리던 사람이 바로 정주영 회장이다.

정주영 회장이나 김우중 회장이 모든 일에 성공한 것은 아니다. 세계 경영이라는 김우중 회장의 꿈은 IMF 외환 위기로 물거품이 되었고, 대통령이 되겠다는 정주영 회장의 꿈도 선거에서 참패하며 조각나버렸다. 하지만 지금도 나는 그들의 놀라운 열정을 높이 평가한다. 요컨대 그들을 비롯해 수많은 한국인이 갖고 있는 'can-do spirit'가 한국이 이만큼 발전한 원동력이라고 생각하기 때문이다. 그들은 배고픔과 가난에서 벗어나기 위해 무슨 일이든 마다하지 않았다. 지구 반대편 구석구석까지 돌며 청춘을 바쳤다. 김우중 회장은 냉전이 끝나기 훨씬 전부터 중국, 구소련, 동유럽, 심지어는 아프리카 오지까지 찾아다니며 기회를 잡기 위해 고군분투했다. 그래서 이들 국가가 한국과 수교하기 훨씬 전부터 '대우'라는 이름은 벌써 익숙한 브랜드가 되어 있었다.

　그러나 오늘날에는 많은 것이 변했다. 과거의 저돌성과 무모한 도전 정신만 가지고는 모든 것을 이뤄낼 수 없다. 세상은 변했고 한국의 위상도 변했다. 한국은 더 이상 저개발국이 아니고, 개발도상국도 아니다. 세계에서 가장 부유한 국가들이 속해 있는 OECD 회원국이고, 세계 경제 질서를 좌지우지하는 G20의 주요 멤버이다. 과거처럼 맨손으로 부딪치는 기백만 가지고는 일을 성사하기 어렵다. 이제는 해외로 나가서 도전한다 해도 창의적이고 세련된 자세를 갖추지 않으면 안 된다.

　그렇다면 구체적으로 어떤 자세를 갖추고 해외 진출을 해야 할까? 가장 중요한 것은 외국을 알고, 세계를 이해하려는 자세를 갖춰야 한다. 해외로 유학 가는 한국 학생들은 아직도 단지 학위와 학점만 추구하는 경향이 높다. 물론 그것이 일차적 목표이지만, 그것만큼 중요한 것이 그 나라를 배우고 그 나라 사람들과 인맥을 구축하는 것이다. 한국이나 외국이나 인맥과 인간관계를 중시하는 것은 마찬가지이다. 지구촌 시대에는 세계가 좁아지는 만큼 외국인과 인간관계를 맺는 게 당연한 일이다. 페이스북 등 통신 기술과 소셜 미디어의 발달로 이제는 외국 친구들과 교류하고 관계를 유지하는 게 전보다 훨씬 쉬워졌다. 과거 내가 외국 친구들과 전화, 아니면 편지로 친분을 유지해오던 때와 비교하면 훨씬 유리한 조건이다

또 한 가지 필요한 것은 외국 문화를 잘 이해해야 한다는 것이다. 우리는 너무나 오랫동안 단일민족이라는 좁은 울타리 안에서 살아왔다. 그 때문에 외국과 접촉할 기회도 없었고, 외국 문화를 배울 기회도 없었다. 심지어 외국 문화에 거부감을 갖는 경우가 많았다. 우리와 다르면 무조건 배척하기도 했다. 우리와 다른 것에 대한 배려와 인내심이 부족했던 것이다. 그러나 세계는 빠르게 변하고, 우리도 점차 다문화 사회로 나아가고 있다. 외국인 노동자의 유입이 갈수록 많아지고 국제결혼 또한 흔해졌다. 8~9건의 결혼 중 한 건이 국제결혼이고, 농촌에서는 더욱 빈번하다. 이런 시대에 우리 문화만 고집하고 남의 문화를 배우려는 노력이 부족하다면 아무리 해외로 진출한다 해도 성공하기 어렵다. 세계는 넓고 배울 것도 많다.

'어떻게 시작하는가'
보다
'어떻게 끝내는가'

나는 성공한 사람을 좋아한다. 당연하게 들릴지 모르지만 그들의 성공 이야기를 들으면 배울 게 많기 때문이다. 물론 실패한 사람에게서도 배울 점이 있겠지만 당연히 실패담을 들을 기회는 적고, 또 듣는다 해도 그 실패를 딛고 성공한 후에 듣는 경우가 대부분이다.

얼마 전 미국의 유명 요리사 레이첼 레이Rachel Ray의 이야기를 들었다. 아주 평범한 가정에서 태어나 평범한 삶을 살던 그녀는 전문대학을 졸업하고 식당 웨이트리스로 일했다. 이후 시골에 있는 식재료 회사에 취직한 그녀는 이 회사의 제품을 팔기 위해 요리를 고객에게 가르치기 시작했다. 그러다 우연한 기회에 방송국에 출연하게 되었다. 그때부터 승승장구해 식당을 운영하고, 인기 요리 프로그램을 진행하고, 프라이팬 등 조리 도구를 만들고, 요리책과 잡지까지 출판하는 대기업의 오너가 되었다.

우연히 들은 레이철 레이의 인터뷰에서 매우 인상 깊은 대목이 있었다. 진행자가 무슨 수로 그렇게 많은 일을 감당하느냐고 묻자 "배우면서 한다"라며 "나는 지금 내가 하고 있는 모든 일을 할 자격이 없는 사람이거든요"라고 말했다.

이 단순한 답이 전해준 메시지는 아주 많은 생각을 하게 만들었다. 우리는 흔히 자격 있는 사람이 어떤 일을 맡아야 한다고 생각한다. 자격이 있어야 그 일에 성공할 수 있다면서. 그리고 성공하면 과연 그럴 만한 자격이 있었다고 생각한다. 그러나 성공한 사람들을 보면 꼭 그렇지만도 않다.

내가 아리랑 국제방송의 CEO를 맡았을 때 많은 사람이 그럴 자격이 있다고 생각했다. 〈뉴욕 타임스〉, CNN 등 유수한 매체에서 커리어를 쌓았으니 글로벌 언론에 대한 지식이 풍부하고, G20 준비위원회와 청와대에서 일한 경험도 있으니 자격이 충분하다고 생각할 만하다.

하지만 사장직은 내가 갖춘 '자격'과는 별개의 실력을 요구했다. 내가 직접 출연하지 않는 한 방송은 실무진에게 맡겨야 하는 일이었다. 초기에는 젊은 기자들을 면담하며 내 경험담을 들려주었지만,

곧 이런 멘토링도 전문가에게 맡겼다. 방송에 대한 내 비전만 전달하고 지켜보는 게 최선의 방법이라고 생각했다.

그러나 20년의 글로벌 언론 경력과 2년 반의 정부 경력이 직원 200명의 언론사를 경영하는 자격을 저절로 부여하지는 않았다. 여기서 강조하고 싶은 점은 내가 최연소, 최초 여성 사장으로서 비교적 무리 없이 회사를 경영한 것은 자격 때문이 아니라, 내 '무자격'을 극복하고자 한 노력 덕분이라는 사실이다.

나는 노사 문제와 노동법 관련 도서를 구입해 공부했다. 그리고 내가 아는 최고 경영인들에게 식사를 대접하면서 노하우를 배웠다. 인사에 관한 기본 법칙은 인사 전문가인 대학 선배에게 자문을 받았고, 법률 문제 또한 지인들에게 무료 상담을 받았다.

이렇게 맡을 자격도 없는 일을 덥석 맡고 정신없이 실력을 쌓은 것은 사실 내 모든 커리어 과정에서 끊임없이 일어난 일이다. 신문 기자 일을 하다가 방송기자를 하겠다고 CNN에 취직했을 때도 방송기자 훈련에 관한 책을 정독한 후 주위 전문가들에게 염치없이 달려들어 도움을 청했다. G20 서울 정상회의 대변인 직책을 맡을 때도 마찬가지였다. 경제 지식이 거의 없어 수많은 경제 서적과 자료를 섭렵하고, 국내 언론 대변인을 맡은 재무부 국장에게 국제 경제에 관한 질문을 퍼부어댔다.

이런 기질은 내 첫 직장인 잡지사에서 형성된 것 같다. 특히 지금도 좋아하는 동료인 김 기자에게 많은 영향을 받았다. 그는 〈비즈니스 코리아〉라는 영문 경제 월간지에 취직할 당시 같이 입사한 기자였다. 나와 비슷하게 기자 경험이 없고 영어 실력도 영문 잡지 기사를 쓰기에는 조금 부족한 듯했다. 요샛말로 하면, 사장님의 아는 사람이 부탁해 들어온 낙하산 인사였다.

그러나 김 기자는 이런 자신의 한계를 극복하기 위해 열심히 노력했다. 외국인 편집장에게 혹독한 비판을 받아가면서도 기사를 잘 쓰기 위해 애썼다. 그 노력 중 하나는 나를 괴롭히는 것이었다. 잡지 기사는 일간지 기사와 달라 몇 페이지에 걸쳐 써야 한다. 이러한 긴 기사의 생명은 역시 첫 문단, 말하자면 lead paragraph이다. 그 기사의 핵심 아이디어를 축약해 전달하면서도 재미있고 유창한 문장으로 독자를 끌어들여야 하는 것이다.

영어 실력의 한계를 느낀 김 기자는 이러한 lead paragraph를 쓰는 게 제일 괴로웠다. 그래서 생각해낸 것이 동기인 나를 괴롭히는 것이었다. 나이도 어리고 이제 막 대학을 졸업한 나에게 매번 염치 불고하고 lead paragraph를 써달라고 부탁했다. 사무실 안에서는 남의 눈이 있어 차마 말 못 하고 지하 다방에 가서 커피와 케이크를 사주며 부탁하곤 했다. 때로는 자존심이 상해 눈치를 볼 법도 했지만, 그런 티를 한 번도 내지 않았다. 그때 나는 심 기자가 불쌍하거나 하찮아 보이는 대신, 그 노력이 대단하다고 생각했다. 그리고 내가 더 발전하려면 자존심이나 눈치를 봐서는 안 된다는 것을 배웠다.

요새 젊은이들은 열심히 자격증을 딴다. 스펙 쌓기를 위해 인턴 십을 많이 하고 외국어도 하나 이상 배운다. 직장 구하기가 너무나 힘들어 이런 노력은 필수라고 한다. 맞는 얘기일 수 있다. 물론 그보다 이런 '자격'을 가르치면서 장사하는 사람들이나 기관의 이익 챙기기가 더 문제이긴 하지만 말이다.

그러나 자격이 있든 없든 우리가 잊지 말아야 할 것은 성공한 사람은 어떤 자격 있는 일을 해서 성공한 게 아니라는 점이다. 자격 없고 해보지 못한 일이라도 그걸 대하는 태도나 열정으로 무자격을 극복한 과정이 바로 성공이다.

스펙을 쌓아 어렵사리 좋은 직장에 들어간다고 끝이 아니다. 그보다는 입사 후 어떻게 인정받고 성공하느냐가 큰 문제인 것이다. 요즘은 엄청나게 고생해서 원하는 직장에 들어간 후 적응을 못 하거나 능력이 부쳐 중간에 그만두는 젊은이가 많다. 이는 시작은 미약하더라도 열심히 하면 성공할 수 있다는 사실을 간과했기 때문에 일어나는 현상이다.

미국의 존스홉킨스 병원에서 의사 생활을 하는 지인에 따르면, 그 병원에서는 새로운 의사를 뽑을 때 최근에 무슨 일을 했는지를 가장 중시한다고 한다. 가장 최근에 어느 병원에서 일했는지, 혹은 어떤 공부를 했는지가 취직에 가장 결정적 영향을 미친다는 것이다. 과거 어느 대학 어느 학부를 나왔고 10년 전, 20년 전에 무엇을 했는지는 중요하지 않다는 얘기이다. 한국하고는 확연히 다르다. 우리에게는 아직도 어느 대학 어느 학부를 나왔는지가 중요하다. SKY인지 아닌 지를 따진다. 최근 어느 대학에서 석사나 박사 학위를 땄는지는 덜 중요하다. 과거 고교 평준화를 하기 전에는 출신 고등학교를 매우 중시하기도 했다.

이것이 말해주는 것은 자명하다. 인생 초반기에 어느 대학에 갔고 어떤 고시에 패스했느냐가 결국 인생 전체를 결정한다는 것이다. 그 이후 어떤 노력을 했는지는 상관하지 않는다. 아무리 나태하게 지냈 어도 별로 신경 쓰지 않는다. 그래서 아주 똑똑한 친구가 그 어렵다 는 언론 고시에 합격해 기자가 된 후 자기 계발을 게을리해 퇴출되 는 경우도 보았다. 행정고시에 패스한 후 편한 공무원 생활을 하면 서 오히려 퇴보하는 사람도 보았다. 죽자 사자 공부해서 최고 대기 업에 입사한 후 나태한 생활을 하다가 일찌감치 밀려나는 사람도 많 다. 중요한 것은 어떻게 시작하느냐가 아니라, 어떻게 끝내느냐는 것이다.

인생의
우선순위를
정하라

어떤 사람은 무엇을 하고 싶은지 찾는 게 힘들다고 한다. 특히 나이가 들면 더욱 그러하다. 아마도 나이가 들고 인생 경험이 많아지면 무엇을 하고 싶은 생각보다 '무엇을 할 수 있을까'라는 울타리에 갇히는 것 같다. 이를테면 젊을 때는 낙하산을 타고 싶으면 기회가 생길 때, 또는 찾아서라도 그 경험을 할 것이다. 생각하는 과정이 단순하기 때문이다. 그러나 나이가 들면 하고 싶다는 생각과 동시에 낙하산을 탈 때의 비용, 과연 타러 갈 시간은 있는지, 또는 낙하산을 타다 다치기라도 하면 어쩌나 등등 이런저런 생각이 들기 때문에 시도조차 하지 않는 경우가 많다.

나는 지금 비교적 어른이라는 굴레에 갇힌 사람이 되었지만, 젊은 시절에는 극단적 도전을 하는 욕심쟁이였다. 대학 입시에 집중해야 하는 고등학교 시절에도 학교 공부 외에 하는 게 많았다. 첼로를 계속 배웠기에 합주부 활동을 했고, 이런 음악 활동 덕분에 고등학교 합창대회의 지휘자로 나섰다. 또 영어를 비교적 잘해서 전국 영어 웅변대회에 나갔다. 처음에는 대회에 출전하는 학생으로, 입상한 후에는 다른 학생들을 위한 원고 작성자로, 이어 담당 선생님의 조수로 활동했다. 물론 학교의 영자 신문에서도 기자로 열심히 일했다. 수업이 끝난 후에는 동네에서 영어를 가르치는 아르바이트까지 했다. 우리 고등학교는 6층짜리 건물이었는데, 나는 3년 동안 이 6층 계단을 천천히 다닌 기억이 거의 없다. 올라갈 때는 두 계단씩, 내려올 때도 잰걸음으로 다녔다. 그만큼 할 일이 많고 바쁘게 생활했다.

한층 자유로운 대학 시절, 내 과외 활동은 극으로 치달았다. 프랑스어를 배우고 싶어 알리앙스 프랑세즈에 등록했고, 다른 대학의 남학생과 교류하고 싶어 영어 회화 서클 활동을 했다. 정치학에 관심이 많아 정치학 원서 독서 서클, 시사 문제에 관심을 갖고 싶어 주간지 〈타임〉 독해 서클에 가입하기도 했다. 여기에 영자 신문사 기자까지 내 활동 반경은 계속 늘어나기만 했다.

그러던 어느 순간, 활동량이 너무 많아 감당하기 힘든 시기가 왔다. 지켜야 할 약속과 만나야 할 사람이 너무 많다 보니 문제가 이만저만 아니었다. 물론 학과 공부를 할 시간도 턱없이 부족했다. 그야말로 정신적 혼란에 빠졌을 때 한 친구가 나를 구원해주었다. 나하고는 성격이 정반대여서 만사에 침착하고 뭐든 하나하나 차분하게 순서대로 처리할 줄 아는 친구였다. 학구적인 그녀는 공부도 열심히 하고 학과에서도 인정을 받았다. 나를 보면 정신없어하기도 했지만, 자기하고 너무나 다른 내가 재미있다며 사랑스러운 눈으로 지켜봐준 고마운 친구였다.

그 친구가 어느 날 정신적 혼란, 요샛말로 하면 '멘붕'에 빠져 괴로워하는 나를 다방에 불러 앉혔다. 그러곤 빈 종이를 내밀면서 내가 하고 있는 모든 활동을 적으라고 했다. 종이 한 장을 가득 채우자 나에게 우선순위를 정하라고 했다. 나한테 가장 중요한 것부터 순서를 매겨보라는 것이었다. 1부터 5까지 순서를 정하다 보니 그 뒤에 있는 것들은 정말 불필요한 활동이라는 생각이 들었다. 조금 있다가, 또는 당장 그만둬도 무방한 것들 같았다. 이 리스트를 갖고 나는 홀가분한 마음으로 내 인생을 정리하기 시작했다. 물론 이 한 번의 정리로 모든 게 끝난 것은 아니다. 대학 4년 동안 나는 이런 멘붕 상태에 여러 번 이르렀고, 그때마다 그 친구와 함께 내 인생의 우선순위를 정했다.

대학을 졸업한 후 지금도 나는 내 인생이 지나치게 복잡해지는 것을 경험한다. 뉴스를 좇고 시도 때도 없이 생방송을 해야 하는 외신 기자, 시부모를 모시는 며느리, 남편을 내조하는 아내 그리고 세

딸을 키우는 엄마. 매일같이 너무나 많은, 또 너무나 중요한 일들이 벌어진다. 사람들은 내게 어떻게 그 많은 일을 다 해내느냐고 묻는다. 어떤 요령이라도 있느냐면서. 이럴 때 나는 그 대학 친구를 생각하며 인생의 우선순위를 잘 정하는 게 중요하다고 강조한다.

남자든 여자든 요즘 세대는 많은 요구를 소화해야 한다. 대학생이라면 직장을 구하기 위해 학교 성적이 우수해야 하고, 스펙을 쌓기 위해 인턴십을 경험해야 하며, 외국어를 두 개 이상 배워야 하고, 각종 자격증도 따야 한다. 게다가 봉사 활동도 해야 한다. 이런 와중에 스스로 하고 싶은 일들을 시도한다면 인생은 더 정신없고 바빠질 것이다.

직장을 구한 후에도 마찬가지이다. 직장에서 요구하는 일을 하기 위해 동분서주 뛰어다녀야 하고, 사회성이 부족하다는 인상을 주지 않으려고 회식 등에 빠지지 않고 참석해야 하며, 그 와중에 인생의 동반자를 찾기 위해 사교 활동도 게을리해서는 안 된다. 물론 결혼해서 가정을 이루고 아이를 낳으면 인생은 더 복잡해진다.

이런 쳇바퀴에서 돌다 보면 자기 인생의 우선순위를 놓치는 수가 있다. 대학 생활은 나에게 무슨 의미가 있는가? 졸업장을 받고 캠퍼스를 떠날 때 나에게 남는 것은 무엇인가? 이런 질문은 인생의 어떤 시기에도 해당한다. 지금 해야만 하는 일은 무엇이고, 나중에 해도 되는 일, 또 하지 않아도 되는 일은 무엇인가? 정신없이 돌아가는 삶 속에서 헤어나지 못할 때는 가만히 앉아 종이 한 장을 꺼내놓고 인생 순위를 점검해보자. 나를 도와주던 그런 친구가 옆에 있다면 더욱 좋을 것이다.

인생의 우선순위는 세대마다 다를 수 있겠지만 중요한 것은 긴 안목으로 미래를 내다보는 것이다. 이렇게 바빠 뛰어다니며 스펙을 쌓고 직장을 구하는 모든 행동은 과연 무엇을 위한 것인지 생각해보는 것이다. 자기가 원하는 모든 것을 가질 수 있는 돈이 인생의 목표이던 한 선배는 일찍이 외국 금융계에 뛰어들어 밤낮없이 일하고 돈을 잔뜩 벌어서는 40대 중반에 은퇴를 했다. 은퇴한 뒤 그는 정말 다양한 일을 해보았지만 정말 재미있는 일이 없어서 다시 금융계로 돌아왔다고 한다. 하지만 사람으로 태어나서 돈밖에 목표가 없다면 얼마나 실망스러운가. 나는 많은 젊은이가 세상을 조금 더 나아지게 만들겠다는 희망을 가졌으면 한다.

조금 다른 시각으로, 단기적 우선순위를 생각한다면 확연하게 세대별 차이가 드러난다. 나의 20~30대는 닥치는 대로 지식과 능력을 키우는 것이 최우선이었다. 따라서 월급보다 그 일로 내가 얼마나 풍족한 사람이 될 것인가를 기준으로 직업을 찾았다. 그 기간은 가정도, 커리어도 모두 성공하고 싶은 내가 마치 겨울의 먹거리를 비축하는 개미처럼 출산과 육아 기간 동안 뒤떨어진 사람이 되지 않기 위한 몸부림이었던 것 같다.

　이렇게 인생의 우선순위를 정하면 본인이 원하는 20~30년 뒤의 모습이 구체적으로 그려진다. 그리고 점점 더 명확해진다. 여러분 인생의 우선순위는 무엇인가? 꼭 한번 생각해보길 바란다.

매일
즐겁게 하는
활동이 있나요?

나는 메뉴(메뉴를 적은 종이)를 모은다. 웃기기는 하지만 취미라면 취미이다. 항상 할 수는 없지만 내가 참석한 인상적인 식사의 메뉴를 모으는 것이다. 그때 참석한 사람들과 어떤 대화를 나누었는지, 또 어떤 음식이 맛있었는지 낙서하듯 메뉴에 적어 보관한다.

거의 10년 전, 어느 대사관저의 만찬에 초대받았다가 음식이 너무나 간결하고 맛있어서 나도 손님 접대를 하면 이렇게 해야겠다고 생각하며 메뉴를 집으로 가져간 게 계기였던 것 같다.

하나하나 모은 메뉴가 어느덧 사과 박스 하나에 가득 찼다. CNN 기자 시절 초대받은 각종 행사의 메뉴도 있고, G20 서울 정상회의를 위해 일할 당시 정상들을 위한 만찬 메뉴, 청와대에서 근무하던 시절 외국 손님을 위한 식사 메뉴 그리고 대통령의 해외 순방 당시 외국 원수들이 제공한 만찬 메뉴에 이르기까지 아주 다양하다. 이런 메뉴를 모으다 보니 내가 좋아하는 음식에 대한 상식도 얻고, 좋은 시간을 함께한 사람들에 대한 기억도 남아 더욱 의미가 있다. 예를 들어 2010년 4월 15일에 지인들과 함께 초대받은 한식당의 'Spring 축하' 메뉴는 지금 봐도 봄 향기가 물씬 나는 듯하다. 아울러 그 자리에 참석했던 외교 사절단을 비롯한 외국인들과 즐겁게 보낸 시간이 생생하게 떠오른다. 더욱이 내 메모에 의하면 그날 진행한 행운권 추첨에서 나는 작은 진주를 타기도 했다. 정말 행운의 저녁이었다.

내가 이런 이야기를 하는 이유는 요즘 젊은이들은 취미 생활이 거의 없는 것처럼 보이기 때문이다. 과거에는 다소 고루한 우표 모으기가 유행해서 나도 우표 수집에 열 올린 기억이 있다. 요즘은 중학생, 고등학생은 말할 것도 없고 대학생까지 취미가 뭐냐고 물으면 독서나 영화 보기 등 취미라고 하기에는 너무 일상적인 것으로 답하는 경우가 많다.

얼마 전 어느 외국 캠프에 참여할 한국 고등학생을 선발하는 자리에 면접관으로 참석한 적이 있다. 그 면접에서 한 질문 중 하나는 "학교 공부를 제외하고 매일 하는 활동을 얘기해보세요"였다. 그런데 대답의 대부분이 독서였고, 심지어 '생각하기'라고 답한 학생도

있었다. 더 나아가 신입 사원 면접을 볼 때면 이런 현상은 더욱 심해
진다.

　아이는 공부보다 신나게 놀고, 다양한 경험을 하는 과정에서 미래
의 길을 찾아간다. 우리 막내 딸은 하고 싶은 것이 너무 많아 문제였
다. 종이접기도 하고 싶고 요리도 하고 싶고 기타도 하고 싶고…….
그러다 보니 하기 싫은 일은 안 하려 하고, 하고 싶은 일에는 시간이
항상 모자랐다. 요리사, 경찰, 우주 과학자까지 꿈도 한 달이 멀다 하
고 바뀌기 십상이었다. 이제 또 얼마 후면 다른 관심사로 옮겨갈지
모르지만 나는 이런 막내의 모습이 좋다. 왜냐하면 아이의 미래는
교과서에 나오지 않기 때문이다. 학원에서 학원으로 옮겨 다니며 공
부만 하는 아이였다면, 밤하늘을 올려다보며 그 비밀을 풀어나가는
우주 과학자의 꿈을 꿀 수 있을까 생각한다.
　큰딸의 미래는 프랑스 역사에 있다. 미국에서 자라지도 않은 아이
가 영어 도사가 되더니 이제는 프랑스를 연구해야 한다고 프랑스어
에 빠져 있다. 큰딸의 꿈은 열 살 때 아빠와 같이 떠난 배낭여행에서
루브르 박물관을 처음 방문하면서 시작되었다. 큰딸을 영어나 프랑
스어 특강 학원에 보냈더라면 과연 역사학자의 꿈을 꿀 수 있었을까
생각한다.
　우리 세 아이들이 어릴 때 한동안 롤러 블레이드가 유행했다. 남

편은 좋은 운동이라며 아이들에게 타는 방법을 가르쳐주고 시간만 나면 밖으로 데리고 나갔다. 어느 날 아이들의 친구를 불러 같이 데리고 갔는데, 남편이 생각보다 일찍 돌아와서는 혀를 차는 것이었다. 이유를 물어보니 아이들의 친구가 블레이드 개인 레슨을 받았다고 하는데, 혼자 신을 줄도 몰라 남편이 신겨줘야 했고, 넓은 공간에서 애들과 같이 놀라고 했더니 직선으로 갈 줄만 알지 다른 것은 못 하더라는 것이다. 남편은 그 애가 별로 재미없어하는 바람에 모두 일찍 돌아올 수밖에 없었다고 말했다.

요컨대 그 애는 재미있게 노는 활동까지 수업으로 여긴 것이다. 그러나 취미 활동이야말로 우리의 일상생활에 활기를 불어넣고 젊은 사람에게는 자기만의 색깔을 찾는 데 큰 도움을 준다. 취미 생활을 열정적으로 하다가 일생의 커리어로 발전시키는 경우도 많다.

CNN 시절 동해안에 북한 잠수함이 떠오른 적이 있다. 취재하러 동해로 며칠 출장을 갔다가 우연히 알게 되어 인터뷰까지 한 손성목 관장이 바로 그런 사람이었다.

손 관장은 지금의 북한 땅인 원산에서 태어나 다섯 살에 어머니를 여의었다. 어릴 때부터 어머니의 음성처럼 느껴지던 축음기의 매력에 푹 빠져 지내던 그는 한국전쟁이 발발하자 다름 아닌 축음기를 등에 지고 부산으로 피란길을 떠났다. 그 뒤로 축음기에 대한 그의 열정은 더욱 뜨거워졌다. 건설업으로 번 돈을 전 세계를 돌아다니며 축음기를 모으는 데 쏟아부었다. 아울러 축음기를 발명한 에디슨에 대한 존경심을 키워갔다.

마침내 그는 동해안에 박물관을 지어 평생을 모은 많은 축음기와 에디슨의 발명품을 전시하기에 이르렀다. 에디슨이 처음 발명한 축음기, 영사기는 모두 그의 박물관에 있다. 그리고 이러한 기계들이 추구한 소리에 감명을 받아 '참소리박물관'이라고 이름 지었다. 그의 수집품들이 하도 신기하고 방대해 세계 유수의 관광 책자에서도 한국의 동해안을 여행하면 반드시 참소리박물관을 방문하라고 권할 정도이다. "에디슨의 본적은 미국이지만, 그의 주소는 강릉입니다." 손 관장의 말이다.

그 뒤로 손 관장은 축음기 박물관을 영화배우 안성기와 함께 '영화박물관'으로 확장·이전했다. 그야말로 그의 꿈을 실현한 것이다.

그를 인터뷰하면서 나는 축음기와 에디슨에 대한 열정을 확연히 느낄 수 있었다. 기계 하나하나를 보여주고 설명하는 그의 얼굴은 가슴에서 우러나는 기쁨과 열정으로 가득했다. 물론 5,000점 이상의 축음기를 한곳에 모으고 생명의 위협까지 받아가면서 귀한 축음기를 찾아 세계를 돌아다닌 열정을 누군가는 집착이라고 말할지 모른다. 그러나 그는 무의미한 일상과 극적으로 반대되는 인생을 사는 것 같았다. 그의 인생이 논리적으로, 현실적으로 성공적이지 못할 수도 있지만, 그런 삶을 사는 그 자신은 얼마나 즐거울까.

요리, 운동, 음악 또는 메뉴나 축음기 같은 수집 활동은 누가 시켜서 하는 것이 아니다. 시켜서 하는 것이라면 취미일 수 없다. 즐거움 자체가 취미의 근본이기 때문이다. 취미는 나를 '진정한 나'로 만드는 소중한 도구이다. 당신의 취미는 무엇인가?

삶은 스토리,
스토리로
소통하라

15년 동안 CNN 기자로 일하면서 배운 사실 중 가장 중요한 하나는 세상과 소통하려면 스토리가 있어야 한다는 것이다. 스토리텔링 storytelling 방식으로 뉴스를 구성하는 것은 그 뉴스가 하나의 보도 자료로 전락하느냐 아니면 시청자의 관심을 불러일으키는 심층 취재가 되느냐의 차이이기도 하다. 당시 한창 뜨고 있는 모바일 게임 개발 회사를 취재한 적이 있다. '컴투스'라는 벤처기업에서 중견 기업으로 성장하고 있는 이 회사는 한국에서도 크게 각광받았다. 그러나 CNN의 관심을 끈 것은 이 회사의 성장 속도나 한국의 모바일 게임 산업의 급격한 성장이 아니었다.

이 회사의 창업자는 젊은 부부였는데, 이들은 대학 동창이면서 같은 동아리 활동을 하면서 사귄 것이다. 인터넷 게임을 하면서 연애를 했고 결혼에 골인했으며 결국 동업까지 하게 된 것이다. 그리고 그때도 부인은 사장, 남편은 마케팅 전무를 맡으면서 떨어져 있을 때는 인터넷 게임을 하며 서로의 애정을 확인했다. 이러한 초현대적 러브 스토리는 CNN뿐 아니라 미국 시사 주간지 〈타임〉에도 실릴 정도로 외국인이 흥미로워했다.

많은 사람이 나에게 외국 언론에 기사 내는 방법에 대해 묻곤 한다. 그럴 때마다 나는 사실을 소개하지 말고 스토리를 준비하라고 조언한다. 웬만한 놀라운 사실이 아니면 외국 언론의 기준으로 봤을 때 별 관심이 없거나, 단신으로 취급할 정도밖에 안 되는 것이 사실이다.

이런 면이 한국 기업의 맹점이기도 하다. 한국의 인터넷 속도가 세계 최고이고, 한국의 전자 제품이 세계시장을 장악하고 있어도 외국 언론에서 크게 다루는 경우가 드물고, 또 다루더라도 딱딱하고 흥미롭지 않은 기사로 내보내는 경우가 빈번하다.

반면 애플은 한국 기업들보다 규모가 훨씬 작았을 때부터 세계 언론의 주목을 받았고, 스티브 잡스는 세계인에게 널리 알려진 인물 중 하나였다. 물론 여러 가지 이유가 있겠지만 나는 애플에 스티브 잡스라는 놀라운 스토리텔러storyteller가 있었기에 가능했다고 생각한다. 그의 특유한 패션 감각부터 프레젠테이션 방식, 그리고 순조롭지 않았던 그의 성장 배경이 낱낱이 소개되면서 스티브 잡스의 신화가 탄생한 것이다.

스티브 잡스가 애플의 신제품을 발표하는 모습은 세계인과 세계 언론의 관심을 모으기에 충분했다. 색이 바랜 청바지에 수수한 터틀넥 셔츠를 입고 무대에 나타나는 스티브 잡스는 무엇보다 어려운 신기술을 쉬운 말로 풀어서 설명하는 것으로 유명했다. 전문 용어로 새 제품을 설명할 수도 있지만, 대개의 언론인은 쉽고 알기 쉬운 용어를 선호한다. 그 이유는 언론인이 그 제품을 자신의 독자들에게 쉽게 설명해야 하기 때문이다. 스티브 잡스는 이를 잘 간파한 소통가였다고 여겨진다. 아무리 어렵고 딱딱한 기술도 쉽고 흥미롭게 풀어서 얘기하는 능력이 탁월하다.

반면 한국의 기업가들은 소통 능력, 특히 국제적 소통 능력이 떨어지는 경우가 많다. 물론 외국어가 자유롭지 않은 것도 한 이유이다. 그러나 그보다 더 중요한 것은 대개의 한국 기업가는 소통의 중요성을 인지하지 못하기 때문이다. 자기 상사에게 충성하고 열심히 하면 승진이 보장되던 과거의 기업 문화에서는 어쩌면 당연한 일이었다. 일에만 매진하고 열심히 하면 성공할 수 있었다. 그러나 이제는 그만큼 중요한 것이 자신의 성과에 대한 홍보이고, 설득이다. 아무리 좋은 제품과 좋은 사업 계획이 있어도 이를 설득력 있게 설명하지 못하면 아무 소용이 없다. 더구나 해외로 진출하려는 기업은 문화가 다르고 사고방식이 다른 사람들과 소통을 통해 설득하는 능력이 절대적으로 필요하다.

한국 기업은 오너 따로, 운영하는 사람 따로, 또 개발하는 사람이 따로 있다. 그리고 위계질서가 엄격히 세워져 있다. 오너가 있는데 운영자가 자기만의 스토리를 대외적으로 홍보하는 것은 있을 수 없고, 운영사가 있는데 신제품을 개발한 직원이 자기만의 스토리를 대외적으로 홍보하는 것 또한 상상할 수 없는 일이다. CNN은 해외 지국에 새로운 글로벌 트렌드에 대한 각 나라의 사례를 기사로 제시하라고 자주 주문한다. 이때 제일 흥미로운 기사를 제시하는 나라만 소개한다. 한국 회사들이 트렌드에 앞장서는 경우에도 흥미로운 스토리가 없으면 소개하지 않는다.

그렇다면 이러한 것이 한국 기업에만 해당하는가 하면 그렇지 않다. 대학 시절에 아르바이트로 미국 NBC 방송에서 인턴을 한 적이 있었다. 그때 방한한 미국 레이건 대통령을 따라 뉴스 촬영 팀이 취재하러 서울에 왔고, 나는 이들의 통역과 가이드를 맡았다. 하루 종일 취재하고 저녁을 먹기 위해 자리에 앉았을 때 카메라 기자가 내게 미래의 꿈을 물었고, 기자라 답하니까 대뜸 하루를 어떻게 보내느냐고 물었다. 당황하면서 아침에 일어나 학교 가는 일을 나열하고 있으니까 고개를 저으며 그렇게 하지 말고 하루의 스토리를 말하라는 것이었다. 그래야 자기가 들어주지 아니면 들을 필요가 없다는 것이다.

자신의 이야기를 스토리로 만드는 것은 그냥 흥미롭게 하려는 것이 아니다. 듣는 사람에 대한 기본 배려인 것이다. 말하자면 자기가 하고 싶은 얘기를 나열하는 것이 아니라, 그 이야기를 잘 정리해서 가장 중심적인 아이디어나 사실을 구분하고, 이러한 아이디어나 사실을 상대방이 가장 잘 이해할 수 있는 방식으로 변형한다는 것이다. 예전 국어 시간에 배운 기승전결의 방법을 쓰거나 다른 방법으로 얘기를 재미있고 드라마틱하게 이끌어가야 하는 것이다. 할리우드 영화를 보면 소재가 다르고 배경이 달라도 모두 한 가지 공통점이 있는데, 바로 기승전결로 구성된 스토리텔링이다.

싸이의 '강남 스타일'이 한창 글로벌 무대를 휩쓸 때 한국과 중동의 관계 개선을 위한 세미나에 참석하러 두바이에 갔다. 이 회의에는 중동 각국의 주요 학자들이 참석했는데, 이들 중 한국에 대해 잘 알고 호의적인 사람도 있었지만 그렇지 않은 사람도 꽤 있었다. 특히 이들 중 정부의 통신 정책을 맡은 한 관리는 중동 남자들에게서 가끔 볼 수 있는, 여자에 대한 퉁명스러운 태도로 나를 대했다. 다른 사람 같으면 그냥 무시해도 되겠지만, 아리랑 국제방송의 사장으로 그 관리의 협조가 필요한 프로젝트가 걸려 있었던 것이다. 마침 같은 패널로 그 관리와 나란히 앉았는데, 서로 할 얘기가 없어 불편한 침묵이 흐르자 그는 나에게 싸이의 '강남 스타일'을 잘 아느냐고 물었다. 자기 딸이 무척 좋아한다면서. 이때다 싶어 나는 잘 알고 좋아한다고 대답하면서 이 노래가 말하는 강남이 한국의 가장 부유한 동네이고, 이 동네의 가장 중심 도로 이름이 테헤란로라고 얘기해줬다. 그러자 너무나 흥미로워하면서 어떻게 그런 이름을 지었느냐고 물었다. "한국의 1980년대 경제성장의 주인공은 건설업이고, 수많은 젊은 한국인이 중동의 건설 현장으로 갔다. 그리고 이들이 보내온 돈으로 한국의 경제성장이 이루어졌다. 그러니 이러한 고마운 사실을 기념하기 위해 신도시 격인 강남에 테헤란로라는 거리를 만들었다"라고 얘기했다. 이야기를 들은 그 중동 관리는 한국이 그렇게 가까운 친구의 나라인 줄 몰랐다면서 나를 대하는 태도가 돌연 달라졌다.

우리 모두에게는 스토리가 있다. 지금 당장 내 스토리가 생각 안 나면 한번 만들어보자. 이때 잊지 말아야 할 것은 '인생은 사실들의 나열'이 아니다. 그렇게 하면 아무도 귀 기울이지 않을 것이다. 인생은 스토리이다. 얼마만큼 멋진 스토리인가는 자신이 하기 나름이다.

It's
Only
Television

나에게 특강을 부탁하는 사람들은 대개 내 경력 때문에 나를 초
빙한다. 말하자면 젊은 사람에게 나 같은 경력을 갖추려면 어떻게
해야 하는지를 얘기해달라는 것이다. 심지어 어떤 얘기를 하면 좋겠
냐고 물으면 어떤 주제여도 상관없다고 얘기하기도 한다. 내가 강단
에 서는 것 자체가 젊은 사람들에게 희망이 될 것이라고 한다. 분명
내가 듣기 좋으라고 하는 소리이겠지만, 나는 그럴 때마다 은근히
걱정이 된다. CNN 특파원이나 아리랑 국제방송 사장의 경력은 우
리 사회가 정한 성공한 사람의 유형에 너무나 잘 맞는 것이고, 또
그 자체가 사회의 고정관념stereotype을 더욱 강화하는 것 같기 때문
이다.

어떤 조직도 내가 중소기업 출신 내지는 딸 셋을 키우는 엄마이기 때문에 나를 무대에 세우지는 않는다. 그런 이야기는 이렇게 성공한 사람이 심지어 딸 셋을 키우고 시부모를 26년이나 모셨다는 신기한 사실 정도로 취급하는 상황이다.

그러나 분명한 사실은 이런 사회의 편견은 아주 잘못된 것이다. 우리 사회가 중요하다고, 또 성공의 표본이라고 제시하는 것은 몇 명의 극소수에게는 해당하는 이야기일지 모르나, 대부분의 사람 심지어 나에게도 해당하지 않는 것이다.

CNN에 취직해서 한창 방송 일을 배우고 있을 때였다. 생방송이 제대로 몸에 익지도 않았는데, 북한이 일방적으로 핵무기를 제조하기 위해 핵확산금지조약Non-Proliferation Treaty에서 탈퇴한다고 발표한 것이다. CNN으로는 대형 뉴스거리였고, 거의 24시간 요구하는 생방송 보도 때문에 도쿄 지국장이 나를 도와주러 입국했다.

CNN의 15년 선배 격인 그분은 자신이 생방송에 뛰어들기보다 내가 생방송 보도를 제대로 할 수 있도록 프로듀서 역할을 하기 시작했다. 필요한 정보, 제대로 된 화면, 깔끔하고 정확한 원고, 이 모든 것을 챙겨주었다. 그러면서 생방송에 들어가기 전 무척 떨고 있는 나에게 호흡을 가다듬고, 자신 있게 하라고 코칭하면서 "Remember, it's only television"이라고 말해주었다.

그 말을 듣고 나는 긴장을 풀 수 있었고 생방송을 문제없이 마쳤다. 그리고 그 후 어떤 급한 상황이 닥쳐도, 그리고 내가 사소한 일에 난리를 치는 것 같을 때도 그 선배의 이야기가 귓전에 맴돌아서 여유 있게 해결해나가는 데 큰 도움이 된다.

너무나 일찍 세상을 뜬 그 미국인 선배는 나에게 중요한 사실을 상기시켜준 것이다. 즉, 세상 사람들이 너무나 중요하다고 떠들어대지만 사실 방송은 곰곰 생각해보면 대부분 그렇게 중요한 일이 아니라는 것이다. 생방송 중 말을 하다가 버벅대더라도 내가 조금 창피하고 듣는 사람이 조금 불편할 뿐이지 지나간 후 생각해보면 별로 중요하지 않은 것이다. 내가 빨간 블라우스를 입었는지 파란 블라우스를 입었는지는 더욱이 아무런 관계가 없는 일이다.

CNN에 있을 때 한번은 국내 SBS 방송에서 나의 하루를 밀착 취재하겠다는 제의가 왔다. 본사에서 좋은 홍보 기회가 될 것 같다 해서 SBS 기자와 하루를 동행하게 되었다. 마침 헌법재판소에서 중요한 결정을 내리는 날이라 촬영 팀과 함께 재판소 앞에서 생방송을 준비했다. 그러나 생방송 바로 직전까지 잘되던 방송 장비가 갑자기 작동이 안 되는 것이었다. 카메라 기자가 별 수단을 다 써봤지만 방송 연결이 안 되어 결국 그 자리에서 나는 전화로 리포팅을 하고 판단을 빨리 내려 생방송 장비가 안전한 지국 사무실로 돌아가기로 했다.

신속하게 장비를 챙겨 지국으로 돌아와 다시 생방송 준비를 하고,

그다음 시간대에는 무사히 생방송을 할 수 있었다. 여러 번 생방송을 하고 하루를 마무리할 즈음 SBS 기자가 질문을 하나 던졌다. 아까 재판소 앞에서 장비가 작동하지 않았을 때 방송 사고가 난 것 아니냐고. 내가 그렇다고 대답하자 그 기자는 어떻게 그런 상황에서 침착하게 행동할 수 있었느냐고 물었다.

그때 나는 실없이 웃으면서 "사람이 죽고 사는 일도 아닌데요. 뭐 그리 호들갑을 떨 필요가 있을까요? 애를 키우다 보면 하루에도 몇 번씩 생사를 오가는 일이 많아요. 이것은 그에 비하면 아무것도 아니에요"라고 대답했다.

정말 아이를 키워본 사람은 잘 알겠지만 내 생각으로는 첫돌이 될 때까지는 이 조그마한 생명체를 내가 무사히 잘 키울 수 있을까 걱정될 때가 많다. 밤에 젖 먹인다고 같은 침대에 뉘어 재우다가 깜짝 놀라 일어나보면 내 몸에 눌려 끙끙대고 있는 아이를 발견하기도 하고, 이유식을 잘못 먹이다가 기도로 넘어가 숨을 못 쉬게 한 적도 있고, 또 구르기 시작한 것을 모르고 침대에 올려놓고 잠깐 기저귀 가지러 갔다가 순간적으로 떨어지려는 아이를 붙잡은 적도 있다. 이러한 일을 몇 차례 겪은 내가 생방송이 펑크 나는 것 가지고 난리를 치진 않는다.

기회가 있을 때마다 얘기하지만 내가 태어나서 제일 잘한 일을 묻는다면 최초로 한국인 CNN 특파원을 했다거나, 청와대에서 일했다거나, 최초로 종합 방송국의 여성 CEO를 맡은 그런 일이 아니다. 딸 셋을 낳아 그래도 사회에 득이 되는 사람으로 키운 것이다.

이렇듯 나도 사회가 규정해놓은 성공 사례를 거부하려 부단히 노력한다. 왜냐하면 그런 사회의 화려한 칭찬을 믿기 시작하면 그 자체가 나의 성과가 되고, 내가 진정 무엇을 위해 이 일을 하는지 잃어버리기 때문이다.

사회에서는 방송처럼 별로 중요하지 않은 것을 중요시하는 경향이 있다. 사회는 나의 겉모습만, 내 경력만 본다. 이와 똑같은 경력을 갖춘 사람이라면 그 사람 이름이 손지애이든 발지애이든 똑같이 행사에 초대하고 성공 사례를 소개하라고 했을 것이다.

오늘날 젊은 사람들을 보면 사회가 좋다고 제시하는 피상적, 유행적 가치에 너무 쉽게 동조하는 경향이 있다. 그러니 쉽게 설득당하지 말길 바란다. 미국 시인 딜런 토머스Dylan Thomas의 시 중 다음 같은 유명한 구절이 있다.

"Rage, rage against the dying of the light(빛이 사라지는 것에 대해 끊임없이 분노하라)". 이 시는 죽어가는 시인의 아버지를 위한 작품이지만, 달리 해석하면 쉽게 포기하려는 모든 이에게 자극을 준다. 사회는 우리 모두에게 비현실적이고 일괄적 기준을 부과하려고 한다. 그래서 우리 각자 가지고 있는 이상이나 꿈의 횃불을 끄려고 한다. 그러나 우리는 절대 굴하지 말아야 한다. 나와 같은 경력을 갖춘 수많은 사람을 내세우더라도 우리는 그 경력 이상의 꿈을 중요시하고, 중요하게 생각하지 않아도 되는 것들을 과감히 넘길 수 있는 힘과 용기가 필요하다.

책은
꿈으로 가는
마법의 양탄자

나는 어릴 때부터 《아라비안나이트》의 이야기를 좋아했다. 하루 만에 부인을 죽인다는 왕에게 1,000일 동안 매일 밤 이야기를 하나씩 들려주며 목숨을 유지하는 대신의 딸 셰에라자드. 그 이야기 중에서도 잘 알려진 것으로 〈알라딘〉이 있다. 〈알라딘〉 하면 떠오르는 것이 유명한 '병 속의 지니'이지만, 나는 지니보다 마법의 양탄자가 더욱 신기했다. 그 위에 앉으면 세상 어디라도 가고 싶은 곳으로 순식간에 데려다주는 신기한 양탄자였다. 나에게 셰에라자드의 이야기들, 그리고 다른 여러 가지 이야기가 담긴 책들은 그야말로 마법의 양탄자 같은 힘을 갖고 있었다.

유치원에 다닐 때는 옆집 아줌마가 읽어주는 만화로 된 잡지 〈소년

〉을 보면서 책에 빠져들었다. 언제나 손에 책을 잡고 있었고, 주위 사람들도 모두 나를 책벌레라고 불렀다. 초등학교 2학년 때 미국으로 건너가 영어 한마디 못하면서 동네 학교에 입학했을 때에도 다른 기억은 별로 없지만, 그 학교의 도서관을 보고 너무나 좋아한 기억은 생생하다. 그리고 4년 후 미국을 떠날 때까지 초등학교 도서관에서 거의 하루에 한 권씩 책을 빌려 읽곤 했다. 그러니 나는 사서 선생님이 제일 좋아하는 학생 중 하나였다. 한국에 왔을 때도 한국말이 서툰 나에게 위로가 된 것은 처음으로 읽은 한국 소설이었다.

부모가 된 후에는 이러한 책에 대한 사랑을 내 아이에게 어떻게 전해줄 것인지가 큰 과제처럼 느껴졌다. 알아보니 제일 좋은 방법은 책을 아이에게 직접 읽어주는 것이라고 해서 첫딸을 낳자마자 서점의 어린이 코너를 심층 탐색하기 시작했다. 물론 아이를 위한 그림책은 갖가지 종류를 구입해 보여주고 읽어주었다. 한때 다른 엄마들처럼 전집을 사고 싶은 마음을 억누르지 못해 갈등했지만, 서점에 가서 직접 고르는 재미가 없어서 마음을 접었다.

그리고 아이가 세 살이 지나면서 본격적인 독서 활동을 시작했다. 서점 곳곳을 뒤지며 아이에게 읽어주기 적당한 그림책이 아닌, 동화책을 물색하기 시작한 것이다. 책을 한 권 다 읽었다는 성취감을 아이가 느끼기 위해서는 너무 짧아도 길어도 안 되고, 한 단락씩 내가 읽어주기 적당한 길이에 무엇보다 재미있어야 했다. 좀 더 바란다면 단락이 끝날 때마다 재미있어서 셰에라자드에게 홀린 왕처럼 그다음 날 또 읽고 싶어지는 책을 찾았다. 결국 고른 책은《곰돌이 푸의 모험》이었다.

매일 저녁 잠자리에 들기 전, 아이를 무릎에 앉히고 곰돌이 푸의 모험을 최대한 재미있게 읽어주었다. 물론 어떤 날은 아이가 짜증 내서 포기하고, 어떤 날은 귀가가 늦어서 못 읽어주기도 했다. 그러나 천천히, 꾸준히 우리는 책 한 권을 읽어나갔다. 한 권을 다 읽는 데 얼마나 걸렸는지 정확하게 생각나지는 않지만 몇 달이 걸린 것 같다. 우리가 독파한 그 책을 아이는 자기 책장에 자랑스럽게 꽂았고, 또다시 같이 읽을 다른 책을 찾기 시작했다.

요즈음 독서를 권장하는 방법으로 책 한 권을 다 읽으면 독서 토론을 하거나 독후감 쓰는 것을 많이 본다. 물론 그렇게 하면 책에 대한 이해와 생각이 더 깊어질 거라는 판단에서 하는 활동일 것이다. 나 역시 지인들과 함께하는 독서 동아리에서는 이러한 토론을 즐긴다. 하지만 아이가 너무 어릴 때는 이러한 접근 방식이 자칫 수학이나 영어처럼 독서를 하나의 학습 과목으로 느끼게 만들 수도 있다.

정말 중요한 사실은 '독서는 공부가 아니다'라는 것이다. 독서는 평생 즐겨야 하는 일상 습관이다. 이를 닦지 않으면 충치가 생기기에 매일매일 양치질하듯이, 책을 읽지 않으면 머리가 굳어지고 생각이 좁아지기에 독서가 매일매일 습관이 되도록 만들어야 한다. 그리고 그렇게 하려면 무엇보다 독서의 즐거움을 알려줘야 한다.

나는 주말이 되면 아이들을 데리고 자주 서점에 나가 각자가 좋아하는 주제의 책을 함께 찾아보고 아이들이 읽을 기회를 주었다. 아이들이 만화책이나 당시 유행하는 캐릭터 동화책을 사고 싶어 했지만 나는 아이들과 규칙을 정했다. 하나는 각자가 고른 책, 하나는 엄마가 고른 책! 언제나 이렇게 두 권의 책을 고르는 것으로 규칙을 정한 뒤로 아무리 한 번만 보고 버릴 것 같은 책을 골라도 나는 아무 말 없이 계산대로 갖고 갔다. 그런데 재미있는 사실은 결국 아이들이 고른 책은 단번에 끝내고 팽개쳐버리는데, 내가 고른 책은 대부분 끝까지 재미있게 읽었다는 것이다.

특강을 하면 많은 대학생이 대학 시절에 무엇을 하는 것이 제일 중요하느냐는 질문을 해온다. 내 생각에는 대학 시절을 포함한 20~30대에는 자신의 세계를 최대한 넓히는 것이 중요한 것 같다. 고등학교 때까지 우리 학생들은 대학 입시를 위해 모든 것을 집중한다. 그러니 그때까지의 공부는 자율적으로 하고 싶어서 한 공부가 아닐 테고, 독서도 시험을 위한 입시 위주의 활동이었을 터이다.

그러나 고등학교를 졸업하면 이제 진정한 나를 위한 공부를 할 수 있다. 내가 어떤 사람으로 어떻게 살아가야 할지 스스로 알아보는 과정을 시작하는 것이다. 지금까지 하나의 목표를 향해 좁은 공부를 했다면, 이제부터는 넓고 깊은 공부를 시작해야 한다. 자신의 지식과 정보 영역을 넓혀놓아야 원하는 기회가 왔을 때 잡을 수 있는 가능성이 커진다.

정보 영역을 넓히는 방법은 크게 두 가지가 있다. 하나는 새로운 경험을 하는 것이다. 여행을 하면서 새로운 세계, 다른 사람, 다른 문화를 접하면서 스스로 새로운 모습을 발견하고 개발할 수 있다. 인턴십, 아르바이트도 새로운 경험에 해당한다.

또 하나는 몸으로 하는 경험과 더불어 꼭 필요한 것이 '마법의 양탄자'를 타는 것이다. 새로운 나라, 새로운 문화, 새로운 경험, 새로운 사람을 모두 한자리에서 만나고 경험할 수 있는 방법이 독서이다.

요즈음 젊은이들은 앉아서 책 읽는 시대는 지나갔고 이제는 인터넷 시대라고 할지 모른다. 하지만 이는 아주 좁은 생각이다. 특히 글로벌 무대에 나가면 리더들은 반드시 책을 읽는다. 사석에 모여 이런 사람들과 대화할 때 책을 읽지 않으면 대화에 끼어들 수가 없다. 영어를 아무리 잘해도 이들과 소통할 수 있는 지식이 없으면 진정한 대화를 나눌 수가 없다. 그러니 글로벌 무대에서 성공하려는 모든 이에게 적극 권한다. 책을 읽어라! 마법의 양탄자에 올라타라!

상대의 마음을
어떻게
움직일 것인가

사람의 마음을 움직일 수 있다는 것은 참으로 대단한 능력이다. 우리가 존경하는 많은 리더는 이런 능력을 갖춘 사람이다. 미국의 오바마 대통령은 뛰어난 연설로 청중의 마음을 사로잡고, 격식 없는 생활 방식으로 많은 사람에게 호감을 산다.

한국을 방문한 프란치스코Francisco 교황은 작은 자동차를 타고 다니면서 한국인에게 신선한 충격을 주었고, 진심 어린 말과 행동으로 상처받은 마음을 보듬어주었다. 그러나 이렇게 사람의 마음을 움직이는 것은 위대한 지도자만 갖출 수 있는 능력이 아니다. 누구든지 관심을 기울이고 노력하면 충분히 능력을 발휘할 수 있다.

나는 주변 사람들에게 선물을 자주 하는 편이다. 큰 선물은 아니어도 받는 사람이 좋아할 만한 선물을 고민해 고른다.

내가 캘리포니아대학에 방문 교수로 갔을 때의 일이다. 한국에서 중학교에 잘 다니고 있던 막내딸을 데리고 갔는데, 별다른 영어 공부도 하지 않은 막내가 외국인이 거의 없는 미국 중학교에 적응하는 과정이 쉽지 않았다. 나도 부모로서 도울 수 있는 방법을 찾아보았지만, 고작 할 수 있는 일이라곤 학교 행사에 열심히 참석하는 것뿐이었다.

한번은 학부모 회의에 참석한 뒤 교장 선생님과 잠시 대화를 나누었는데, 한국에서 왔다고 하니 반가워하면서 과거에 한국을 방문한 이야기를 꺼냈다. 누가 캔 음료수를 권해서 마셨는데, 무엇인가 동그란 것이 목구멍에 넘어오는 바람에 깜짝 놀랐다는 것이다. '포도 봉봉'이라는 제품이었는데, 그때의 그 놀랍고도 달콤한 맛을 지금도 잊을 수 없다며 웃었다.

그 뒤에 한국 다녀올 기회가 생긴 나는 동네 편의점에 들러 포도 봉봉 한 캔을 샀다. 미국으로 돌아와 한지로 포장해 교장 선생님께 선물했더니, 선물을 열자마자 너무 밝게 미소를 지으며 "내가 한 이야기를 기억하셨군요!" 하면서 좋아했다. 그는 집에 가서 아이들과 같이 마시겠다며 여러 번 감사 인사를 했다. 그 뒤로 학교에 가면 다른 선생님들도 내가 누구 엄마인지 알고는 나와 우리 아이 일에 적극적으로 도움을 주었다. 이러한 귀한 결과를 700원의 투자로 얻은 셈이었다.

선물로 감동을 주려면 '나'보다 '상대'를 중요하게 생각해야 한다. 즉, 내가 주고 싶은 것이 아니라 받았을 때 상대방이 기뻐할 것을 생각하는 것이다.

신혼 시절 남편과 심하게 다툰 적이 있었다. 내가 좋아하는 색과 스타일의 넥타이를 사서 남편에게 선물했는데, 기대와 달리 남편은 기뻐하지 않았다. 실망한 나는 그것을 트집 잡아 언쟁을 하게 된 것이다. 그때 앞으로 다시는 남편 옷을 사지 않겠다고 맹세했는데, 뒤로 거의 30년이 지난 오늘까지도 남편에게 옷은 잘 선물하지 않는 편이다.

그러나 지금까지 살면서 알게 된 사실은 남편은 검소한 편이라 비싼 물건을 몸에 지니는 것을 별로 좋아하지도 않고, 귀하게 여기지도 않는다는 것이다. 고루하더라도 양말 같은 실용적인 생활용품이나 운동기구 같은 선물을 좋아한다. 우리 큰딸은 멋있는 책갈피나 책을 담으면 예쁜 에코 백 등 책과 관련한 것이면 무엇이든 좋아한다. 상대가 무엇을 받으면 좋아할까에 대한 답은 내가 평소 상대의 취향을 고려하고, 또 상대의 얘기에 귀 기울이는 데에서 찾을 수 있다. 말하자면 내 관심에서 비롯된다. 그러니 선물의 가치는 가격을 떠나 훨씬 높아지는 셈이다. 사회생활을 하면서도 이런 점을 잘 활용하면 적은 투자로 생각보다 큰 효과를 얻을 수 있다.

여성 CEO로 일하다 보니 남자에 비해 약점이 많았다. 대부분 남자들은 자기들만의 족보가 있다. 말하자면 초등학교, 중학교, 고등학교, 대학 동창, 그리고 군대 동기와 선후배, 고향 선후배 등의 족보에 자신이 포함되어 있고, 많은 사람과 네트워크를 형성한다. 그리고 알게 모르게 이러한 조직의 도움을 받아 승진하고 사회 지도자가 되기도 한다.

반면 여자는 대부분 외롭게 사회생활을 한다. 도움을 청하고 싶어도 동창이 별로 없고, 남녀공학을 다녔다 해도 남자 동창을 찾기는 쉽지 않다. 졸업하고 결혼하고 나면 남녀 간 선후배의 관계를 유지하기가 어렵기 때문이다. 또 사회생활에 성공하려면 빠지지 않는 업무가 바로 접대이다. 우리 사회에서는 고객이든 업무 관계자이든 무엇인가 부탁해야 하는 입장이라면 기본 예의를 갖춘 접대를 해야 하는 실정이다.

그러나 여성 CEO는 이런 업무에서도 제약이 많다. 술자리도 불편할 뿐 아니라 평소 고객이나 관계자와 너무 친하게 지내면 주위의 불필요한 의심을 사기도 한다. 그렇다고 이런 자리에 너무 인색하거나 피한다는 인상을 주면 팀워크가 부족하거나, 리더십이 부족한 지도자로 비판을 받는다.

나는 다른 남자 CEO들과는 무언가 다른 방법으로 같은 효과 내지는 더 좋은 효과를 내는 방법을 생각해내는 수밖에 없었다.

아리랑 국제방송은 예산을 절반가량 국가에 의존한다. 기금 형식을 갖추지만 이 기금의 분배는 정부가 결정하는 것이다. 국가 예산을 받아본 사람은 다 알겠지만, 그 결정의 중심체는 기획재정부의 예산실이나. 년초가 되면 예산실에서는 어디에 국가 예산을 쓸 것인가를 결정하는 아주 복잡하고 어려운 작업을 시작한다.

예산이 필요한 수많은 기관에서는 이 예산실 담당자들을 설득하는 작업을 벌인다. 지위 고하를 막론하고 담당자를 만나 설득하기 위한 논리적 자료를 준비해 복도에 서서 기다린다. 사실 이 과정은 일반적으로 생각하는 것보다 훨씬 투명하고 공정하게 이루어진다. 하지만 이 과정에서도 담당자와 가깝게 지낼수록 기관의 논리를 더 정확하고 깊이 있게 전달할 기회가 더 많이 생긴다. 그렇다면 기존 방식인 술자리나 선물 공세가 아닌, 다른 방법으로 담당자의 마음을 움직일 수 없을까?

동숭동의 작은 창작 뮤지컬을 지원하고 도와주는 선배가 있다. 동숭동의 '삐끼'라고 자칭하는 이 선배 덕분에 동숭동으로 비교적 자주 놀러 가는 편이다. 내 생일을 맞이해 이 선배가 권하는 뮤지컬을 대학생 큰딸과 같이 보러 갈 기회가 있었다. 그때 곰곰 생각해보니 공연을 포함한 문화 부문을 담당하는 예산 기획을 하면서도 이러한 작은 공연을 보고 공연 관계자들과 부담 없이 시간을 함께할 기회가 없었을 것 같아 예산실 담당자를 초청했다. 흔쾌히 좋다고 해 일과 후 동숭동에서 만나 큰딸을 소개하고 동숭동의 맛있는 칼국숫집에서 허기를 달랬다. 소박한 뮤지컬(크게 재미있지는 않았던 것 같다!)을 보고 주인이 통기타를 치는 작은 카페에서 동숭동 선배, 뮤지컬 감독, 카페 주인, 우리 딸, 예산실 담당자와 함께 가볍게 생일 파티를 했다. 내 생일인 줄 모르고 참석한 예산실 담당자는 통기타 반주에 생일 축하 노래를 불러주었고, 동숭동 사람들과 얘기를 나누면서 즐거운 저녁 시간을 보냈다.

그러면 그날 이후 아리랑 국제방송이 예산을 쉽게 딸 수 있었느냐고 묻는다면, 전혀 그렇지 않았다. 예산을 늘리기 위해 여전히 산더미 같은 보충 서류를 준비하고 예산실 밖에서 담당자를 만나기 위해 줄 서서 기다렸다. 그러나 그날 이후 담당자는 진심이 묻어나는 웃음으로 나를 맞이하고 내 이야기를 관심 있게 들어주었다. 이에 힘입어 나는 더욱 열심히 열변을 토하고 주장을 폈다. 그리고 돌아갈 때 담당자는 책상에 널려 있는 연극이나 공연 티켓을 오히려 나에게 쥐여주며 딸과 같이 보라고 했다.

나는 이 관리가 나의 진정한 마음을 어느 정도 받아들였을 것이라고 생각하기에 앞으로 어떤 일을 담당하더라도 서로 인간적으로 대할 수 있을 것이라고 믿는다.

삶에서 다른 사람의 마음을 움직여 이러한 결과를 얻을 수 있다면 이보다 더 큰 성과가 어디 있겠는가?

불가능한
꿈을
꿔야 하는
이유

우주는 언제나 인간에게 무한한 가능성을 안겨주고 탐험의 본능을 자극한다.

미국에서 초등학교에 다니던 시절 나는 거의 하루도 빼놓지 않고 숙제를 빨리 끝내고 TV 앞에 앉아 당시 최고 인기 드라마인 〈스타트렉〉을 보았다. 드라마가 시작되면 별들로 가득한 우주를 하얀 우주선이 가로질러 간다. 그러면서 나오는 멘트는 40년이 지난 지금까지도 기억이 난다. "우주, 인간의 마지막 개척지"로 시작해서 "스타십 엔터프라이즈의 여정은 어느 인간도 한 번도 가보지 못한 곳을 용감하게 가는 것이다"라고 마친다. 그 드라마는 현대판으로 리메이크되며 영화로까지 제작되어 지금도 인기를 누리고 있다.

아마도 어린 내가 그랬듯이 지금의 어린 친구들에게도 별들의 세계, 저 우주를 탐험하는 것은 신비와 모험의 세계를 경험하는 것을 의미할 것이다.

2006년, 한국에서 첫 우주인을 뽑는다고 발표하자 많은 사람이 관심을 기울였다. 그 과정을 TV의 리얼리티 프로그램처럼 만들어 더욱 흥미를 가질 수밖에 없었다. 당시 나는 CNN에 있으면서 흥미로운 이 과정을 자세히 다룰 수 있었다. 본사에서도 특별히 관심을 가지는 사안이었고, 결과적으로 여자 과학자가 한국의 첫 우주 비행사가 되었으니 대단한 기삿거리이기도 했다.

한국에서 탄생한 첫 우주인, 그 주인공인 이소연은 꿈 많은 용감한 젊은이였고, 아버지의 반대에도 불구하고 우주 비행에 성공한 당찬 여성이었다. 지금은 미국에서 그 꿈을 좇는다고 하니 언젠가는 그의 이름이 다시 언론의 헤드라인을 장식할 것이라고 생각한다.

우주에 대한 도전과 포부야말로 남북한이 공유하는가 보다. 한국의 우주 연구도 취잿거리가 되었지만, 북한의 위성체 발사도 중요하게 다룬 기삿거리였다. 물론 북한 발사 취재는 접근이 엄격히 제한되었으니 북한 당국이 발사에 성공했다 해도 확인할 방법이 없다는 어려움이 있었다.

인간이 달에 착륙했을 1969년 7월 29일에는 내가 너무 어려 그 순간의 감동을 느낄 수 없었다. 그러나 요즈음 뉴스에 의하면 그리

머지않은 시기에 인간이 화성에 착륙할 수 있을 것이라 한다. 미국 우주항공국에서는 화성을 탐험하는 프로젝트를 진행하고 있는데 화성 착륙을 2040년, 빠르면 2030년에 할 수 있을 것이라고 발표했다. 과학자들은 벌써 화성에 대한 연구 결과를 발표하면서 그곳에 생명체가 살아 있을 가능성을 얘기한다.

그리고 1969년과 달리 2040년에 화성에 착륙한다면 모든 과정을 전 세계 사람이 생방송으로 시청할 수 있다는 것이다. 미국의 어느 통신사 광고는 회사의 빠르고 넓은 통신망을 자랑하면서 미래의 화성 착륙을 핸드폰이나 태블릿, 컴퓨터로 생방송 시청하는 사람들의 모습을 담기도 했다.

최근 나의 흥미를 자극하는 것은 미국 우주항공국의 화성 프로젝트와 별도로 최근 네덜란드의 우주 벤처기업 '마르스 원Mars One'에서 진행하는 프로그램이다. 이 프로그램은 2030년까지 민간인 6명을 선발해 화성에 보내 정착하게 한다는 계획을 세우고 있다. 말하자면 이 6명은 화성으로 이주해서 다시는 지구에 돌아오지 않는 여행을 떠나는 것이다.

얼핏 들어서는 생명체가 살 수 있는지 없는지도 모르는 다른 별에 가서 다시는 지구에 돌아올 수 없는 생활을 하려는 사람이 있을까 싶을 것이다. 하지만 마르스 원에 따르면 1차 모집에 전 세계에서 20만 명이 신청했고 2차, 3차 서류 심사와 면접을 통해 100명으로 추렸다고 한다. 이 중 결국 24명만 우주 훈련을 받고 그중 마지막 6명을 최종 선정한다는 것이다. 그리고 한국 우주 비행사의 선발 과정처럼 마지막 선발 과정과 이들의 화성 정착 과정의 생중계권을 방송국에 독점 판매함으로써 수익을 얻겠다는 계획이다.

그 100명 중 몇몇을 보면 조금은 의아해 보이는 사람도 있다. 의사나 과학자, 요리사까지는 이해할 수 있지만 미용사도 포함되어 있다. 서로를 매일 평생 보려면 머리 스타일이 좋아야 한다는 논리? 그중 한 젊은 과학자가 라디오에 나와 인터뷰하는 것을 들었다. 사회자가 왜 바보 같은 짓을 했느냐고 직설적으로 묻자, 그는 두 가지 얘기를 했다.

첫째, 이제 지구는 포화 상태에 이르렀고 아직은 우리가 환경을 잘 돌보면서 지구에 더 살아남을 수 있다고는 하지만, 언젠가는 대안이 필요할 것으로 본다. 여태까지 그 어떤 대안보다 화성이 가능성 높기에 인류의 생존을 위해 꼭 시도해보아야 할 일이라고 생각한다.

둘째, 더 근본적 이유는 인간은 언제나 모험 또는 탐험을 해왔다. 비행기가 없었고 해상 여행이 오늘날처럼 발달하지 않았던 중세에도 유럽 사람은 다른 대륙을 찾으러 다시는 돌아올 수 없을지도 모르는 여행을 떠나곤 했다. 인류학자들의 이론처럼 인류는 아프리카 한구석에서 태어나 거기서부터 잘 모르고 위험천만한 여행을 계속하면서 지구 전역으로 퍼져 이제는 북극까지 정복하며 살고 있다.

그러니 지구를 넘어서 다른 별로 탐험하고 싶은 마음은 인간의 가장 근본적 본능 중 하나가 아닐까 생각한다.

물론 마르스 원의 프로젝트는 많은 과학자에 의하면 성공할 가능성이 거의 없는 계획이며, 아마도 실현하지 못할 것이라고 지적한다. 그리고 많은 언론은 흥미를 끌고 돈을 벌려는 하나의 쇼로 취급한다. 그러나 이 계획이 실현되든 안 되든 모험을 하겠다는 이 젊은이의 포부는 내게 신선한 충격을 주었다. 우리는 언젠가부터 안전하고 위험한 요소가 없는 길을 따르고 있다. 내 경우는 나이가 들어 가족이 생긴 이후로는 몸을 더욱 사리는 것 같다. 그러나 전쟁의 폐허에서 일으켜 세운 우리 선조들은 뒤를 돌아보지 않고 살았다. 가족을 먹이기 위해서는 위험 같은 건 생각지 않고 무엇이든 해야 했고, 어디든 갈 용기가 있었다. 독일어 한마디 모르고, 비행기 한 번 타보지 않았으면서 다시는 고국에 돌아올 수 없을지도 모르는 여행을 떠났다. 들어본 적도 없는 독일이라는 나라, 요상해 보이는 비행기라는 물체에 올라탄 한국인 간호사들과 광부들은 그야말로 모험가였고 탐험가였다

그러나 나라가 잘살고 모든 분야에서 선진국 대열에 들어서니 이제는 안전한 길에 대한 생각이 간절해졌다. 그래서 사람들은 각종 보험 상품에 빠져드는 것 같다. 아이의 교육비를 못 낼까 봐 드는 교육보험, 암에 걸릴까 봐 드는 암보험, 세상 뜰 때 가족에게 돈을 남

기고 싶어 드는 생명보험……. 그리고 우리는 자녀에게까지 안전한 길이 최고라는 생각을 심어주려 한다. 길을 건널 때 양쪽을 보고, 모르는 사람이 말을 걸면 도망가고, 돌다리도 두드려보고 건너가라고.

그러나 우리가 잊지 말아야 할 것이 있다. 인간이 이렇게 안전한 길만 밟아왔더라면 인류는 일찍이 멸망했을 것이다. 우리 선조들이 외국에서 주는 원조 기금만 안전하게 받아먹으며 안전한 곳에만 투자했더라면 오늘날의 한국은 없었을 것이다. 외국 기금들은 해외에서 이것이 안전한 길이라고 제안하며 기금을 빌려주고, 시골길을 포장하고, 동네 학교를 후원하라고 권장했다. 그러나 우리 선조들은 자동차도 몇대 없는 나라에서 서울과 부산을 잇는 경부고속도로를 만들고, 최고의 두뇌를 키우는 한국개발연구원을 세웠다. 그것은 그야말로 모험이었다.

요즘 젊은이들이 맞이하는 세상은 물론 그때와는 아주 다르다. 그러나 나는 지금 상황에 안주하다 보면 언젠가는 또 위기가 닥칠지도 모른다는 생각을 한다. 왜냐하면 우리가 안전하게 사는 동안 누군가는 위험을 무릅쓰고 모험을 하면서 새로운 세상을 얻을 것이기 때문이다. 우리는 젊은이들에게 땅을 보면서 돌다리를 두드리라는 말보다 하늘을 보고 우주를 꿈꾸라고 해야 하는 게 옳지 않을까.

책을 쓰면서 새롭게 깨달은 바가 많다. 먼저 글을 쓴다는 것은 머리에 들어 있는 복잡한 생각을 정리하고 내뱉는 과정이라 정신과 치료를 받는 것처럼 시원하고 기분이 좋아진다는 사실이다. 또 하나는 파일을 새로 열어 비어 있는 새하얀 컴퓨터 화면을 보고 있노라면 정말 정신과 치료를 받고 싶을 만큼 마음이 무겁고 부담스럽다는 사실이다.

비어 있는 페이지를 채워야 하는, 한편으론 흥분되고 한편으론 부담스러운 마음이 마치 젊은이들이 자신들의 앞에 펼쳐진 인생을 바라보는 심정이 아닐까 생각해보았다.

내 인생의 첫 이력서, 짧은 학력 사항, 비어 있는 경력 사항을 바라보던 그때의 나를 떠올려보기도 했다. 대학 신문의 기자 경력을 한 줄 적어 넣고 한숨을 내쉬던 그 시절, 도대체 이 많은 칸을 어떻게 메울 것인가를 고민하던 시절이 엊그제 같은데, 어느새 경력 사항을 추려야 하는 나이가 되었다. 이제는 오히려 더 이상 경력을 적어 넣을 칸이 없다고 생각하니 다시 작은 한숨이 나온다.

경력도 경험도 없다고 하면 다들 걱정을 한다. 그래서 내가 받는 모든 이력서는 경력이 가득 차 있고, 그렇게 가득 채우기 위해 초등학교 때부터 스펙 쌓기 대장정에 돌입한다. 하지만 한편으로는 경험과 경력이 없다는 것은 큰 장점이 되기도 한다. 새로운 일에 도전할 때 그만큼 자유롭기 때문이다.

CNN의 면접을 볼 당시, 전혀 해보지 않은 방송기자 일을 할 수 있겠느냐고 물었을 때 나는 당당하게 잘할 수 있다고 했다. 물론 잘 모르고 한 대답이다. 밤새 편집기 버튼을 수백만 번 누르면서 매달려야 하고, 일을 시작하자마자 삼풍백화점이 무너져 경험도 없이 3박 4일 밤낮을 생방송할 거라 생각했다면 못 한다고 했을 것이다.

이후 G20 서울 정상회의 대변인을 맡으라는 제안을 받았을 때 너무나 쉽게 응한 것 또한 내가 잘 몰라서, 무식해서였다. 정상회의에서 내가 기자들에게 브리핑을 해야 할 성명서를 처음부터 끝까지 다섯 번이나 읽었는데도 무슨 말인지 하나도 못 알아들었을 때 느낀

막막함이란! 내가 어쩌자고 이런 일을 맡았을까 스스로 자책하면서 물었을 때 대답은 "이럴 줄 몰랐지"였다. 그 뒤로 주위 사람들을 못 살게 굴고 관련 서적을 밤새 공부해서 터득했지만, 진작 이런 일인 줄 알았더라면 안 맡았을지도 모른다. 그랬더라면 한국이 단순한 제조 국가가 아니라 선진국과 어깨를 나란히 하면서 국제 경제 무대의 주인공이 되는 과정을 지켜보지 못했고, 내 작은 역할의 보답으로 대통령이 직접 달아주는 청룡훈장도 받지 못했을 것이다.

무작정 달려들었다가 심장마비로 죽을 뻔한 일도 있었다. 수십 년 동안 생방송에 이골이 난 나였지만, 생방송을 하다가 죽을 것처럼 진땀을 흘린 것은 G20 대변인 시절 퀴즈쇼에 출연했을 때였다.

G20 서울 정상회의 날짜가 다가오던 어느 날, 청와대에서 대통령과 막판 홍보 점검 회의를 했다. 개최 날짜는 다가오는데 국내 홍보가 너무 안 되었다는 걱정이 여기저기서 터져나왔다. 일반인은 G20 정상회의가 서울에서 개최되는지조차 잘 모르고 있었다. 그래서 극단적 처방으로 국내 오락 프로그램의 출연 방안이 나왔다. 당시 인기 예능 프로그램 몇 개가 거론되더니 대통령이 나를 향해 "손 대변인이 한번 출연해보지 그래?"라고 한마디 던졌다.

이것이 계기가 되어 국내 홍보팀은 내가 출연할 적절한 국내 방송 프로그램을 물색했고, 결국 KBS의 인기 퀴즈쇼 〈1 대 100〉을 선정했다. 프로그램을 본 사람은 알겠지만 이 퀴즈쇼는 유명인이 출연해 100명의 방청객을 상대로 퀴즈 대결을 펼치는 것인데, 사실 나는 그 프로그램이 어떤 형식인지도 모르고 그냥 내가 해야 할 일인 것 같아 쉽게 승낙했다. 그 뒤로 프로그램 작가의 방문을 받고야 내가 얼마나 큰일을 저질렀는지 깨달았다.

작가에 의하면 많은 사회 인사가 출연했지만 절대로 답을 가르쳐주는 법이 없다고 했다. 상금이 걸려 있어 윤리적으로도 불가하고, 프로그램의 재미를 위해서도 그래야 한다는 것이다. 물론 답을 미리 알고 싶은 마음도 없었지만, 작가의 얘기를 듣고 나서야 내가 생방송에서 상식에 관한 질문에 직접 답변해야 한다는 일이 현실로 다가왔다.

이 일을 집에 가서 말했더니 남편은 배꼽을 잡고 웃고, 아이들은 엄마가 첫 문제에서 떨어질까 봐 걱정하고, 동생은 집안 망신시킨다고 구박을 했다. G20 서울 정상회의 대변인이고 CNN 특파원 출신인데 첫 질문부터 틀려서 하차하면 G20 홍보는커녕 망신만 당하고 G20에도 악영향을 미칠까 봐 걱정이 태산이었다.

어쨌든 생방송 날, 방송국에 도착한 나는 아침부터 겨우 물 한 잔을 마셨는데 그마저도 체하고 말았다. 정말 이러다가 심장마비 걸려 죽는 것이 아닌가 싶을 정도였다. 그러나 첫 문제를 무사히 통과하고, 몇 번의 고비를 운 좋게 넘기며 계속 순항했다. 드디어 보통 지식인들이 도달한다는 5라운드까지 통과하고 나서야 마음이 놓이면서 이제부터는 떨어져도 창피하지 않겠다는 생각에 안도의 한숨을 쉬었다.

어느새 3명의 방청객만 남은 단계에 도달하자 그때부터는 5,000만 원 상금을 타면 무엇을 할 것인지에 관심이 쏠리기도 했다. 하지만 어려운 문제에 나를 비롯한 3명의 방청객도 모두 떨어져버렸다. 아무튼 무용담으로 끝난 일이었지만, 나의 무식함에서 나온 용감한 행동이었다.

인생이란 이런 무경력, 무경험에서 생겨나는 수많은 일의 연속이다. 자격이 그리고 경험이 없다고 주저앉는다면 기다리고 있는 수많은 모험을 해보지 못할 것이다. 결혼하고 아이를 낳는 일도 그렇다. 우리가 이 과정이 얼마나 어렵고 고난으로 가득 찼는지를 미리 알았다면 결혼하고 아이를 낳는 사람이 얼마나 있을까? 나도 그랬다. 사랑하는 사람과 가정을 꾸려나가는 것이 이렇게 힘든 줄 알았다면 일찍이 포기했을지도 모른다. 그랬다면 인생의 후반에 접어든 지금 내 옆에 누구보다 나를 잘 알고 아끼는 한 사람은 없었을 것이다.

누가 나에게 아이를 낳고 기르는 일이 이토록 진 빠지고 초조함과 아픔의 연속이라고 미리 가르쳐주었다면 아이를 셋이나 낳았을까? 아마도 많은 젊은이가 출산을 주저하는 이유도 이러한 이야기를 너무 많이 들었기 때문이 아닐까 싶다. 그러나 나는 별생각 없이 흔쾌히 부모라는 역할을 맡았다. 그러지 않았더라면 내가 진정 이 세상에 태어나 제일 잘한 일, 내 딸을 셋이나 얻지 못했을 것이다.

문제는 우리가 나이 들면서 많은 것을 보고 경험할수록 이런 모험을 시도하는 일이 점점 줄어든다는 것이다. 그러니 무경험, 무경력의 장점을 십분 활용하기에는 젊을 때가 제일 좋다. 젊을 때는 미래를 생각하면 비어 있는 컴퓨터 페이지를 들여다보는 느낌이라는 걸 잘 안다. 그러나 비어 있는 게 아니라 아직 쓰지 않았을 뿐이다.

미국 팝송 중 너태샤 베딩필드Natasha Bettingfield라는 가수가 부르는 '언리튼Unwritten'이라는 노래가 있다.

"나는 쓰여 있지도 않고 누구에 의해 정의되어 있지도 않다. 이제 시작하는 것이다. 지금 나는 펜을 쥐고 있고 결론은 정해져 있지 않다. 눈앞에는 비어 있는 종이가 있지만 창문을 열어 햇빛을 받으며 앞으로 쓰일 단어들을 밝혀라."

노래는 또 이런 가사로 끝난다.

누구도 대신해서 당신의 느낌을 느낄 수 없다. 당신만 할 수 있는 일이며, 당신만 당신 마음을 표현할 수 있다. 표현하지 않은 말들로 스스로를 뒤덮어라. 인생을 팔 벌린 채로 살아라. 오늘이야말로 당신 책의 시작이다!

빈 페이지를 열어놓은 모든 이에게 행운을 빈다.

손지애. CNN. 서울